W0362653

Tim Specter

Testi: George Bloom
Illustrazioni: Paolo Gallina

www.giunti.it

© 2019 Giunti Editore S.p.A.
Via Bolognese 165 – 50139 Firenze – Italia
Via G. B. Pirelli 30 – 20124 Milano – Italia

Prima edizione: aprile 2019
Prima ristampa: aprile 2022

MISTO
Carta da fonti gestite in maniera responsabile
FSC® C016466
www.fsc.org

Stampato presso Lito Terrazzi Srl - Stabilimento di Iolo

GEORGE BLOOM

TIM SPECTER

IL PROBLEMA DEL MAGGIORDOMO IMPICCATO

ILLUSTRAZIONI DI PAOLO GALLINA

GIUNTI

CAPITOLO 1

GIORNO DEI MORTI

«Diciotto!» esclamò Tim Specter, infilando a rapide falcate il vicolo che collegava Cotton Street ad Ampthill Square. *Ciaff! Ciaff!*, risposero le pozzanghere lasciate dalla pioggia notturna. Wilfrid, non capendo, si limitò a inarcare un sopracciglio e ad allungare il passo per provare a star dietro al suo principale. Camminava spedito, Tim Specter, come se avesse sempre un treno in partenza da qualche binario lontano.

«Diciannove!» esclamò al crocevia tra Harrington Street e Pratt Street, poi si addentrò nella via del mercato, dove prese a evitar la gente con abilità da contorsionista, facendo volteggiare il putto in bronzo che sormontava il suo bastone.

«Per san Palladio!» esclamò, buttando gli occhi in direzione di una finestra vuota. «Venti!»

«Signorino!» ansimò Wilfrid, che gli stava dietro goffamente, urtando mercanti, rovesciando cassette della frutta e sbuffando come una vecchia locomotiva. «Non che sentirla dare i numeri sia una novità... ma si può sapere cosa sta contando?»

«Ventuno!» esclamò Tim, inforcando la scala di mattoncini rossi che saliva verso Baynes Street. *Ciaff! Ciaff!*, fecero ancora una volta le pozzanghere. «Si va per il record!»

«Tra non molto dovrà andarci da solo, per il record. Se non si ferma, morirò entro le prossime due rampe!» sbuffò Wilfrid, in tono supplichevole.

«E che importa?» sentenziò Tim, divertito. «Ormai dovresti sapere che la morte non è la fine di tutto!»

«Nel mio caso, sì!» grugnì il maggiordomo, recuperando un po' di smalto. «Quando tirerò le cuoia, stia certo che la smetterò di rimbalzarle appresso come una pallina... Come minimo rassegnerò le mie dimissioni, signorino!»

Tim giunse in cima alle scale, poi sparì in una stradicciola laterale con una piroetta. Wilfrid, osservando dal basso, per un attimo pensò di aver assistito a un numero di magia. Poi imprecò, si asciugò la fronte e riprese l'inseguimento.

Il passaggio immetteva in una serie di vicoli ancora più angusti, su cui affacciavano finestre dagli scuri abbassati. *Toc! Toc!* I tonfi secchi degli stivaletti di Tim, moltiplicati dal riverbero di quel labirinto, arrivavano da tutte le direzioni. Wilfrid, indeciso sulla strada da seguire, prese a girare su se stesso come in preda a una vertigine, finché un ultimo colpo decretò l'arresto della fuga del suo principale. *TOC!*

«Salve, agente! Con lei fanno ventidue!» disse Tim, dalle profondità della rete di viuzze. Wilfrid lo raggiunse, trovandolo solo. La nebbia era salita all'improvviso, come azionata da un interruttore.

Il maggiordomo, sventolandosi con il cappello, si guardò intorno con affanno.

«Dove siamo finiti, signorino?» domandò, nel silenzio del vicolo.

Specter parlò senza voltarsi.

«È il 2 novembre, giorno dei morti!» sentenziò, con enfasi.

«Perché, esiste forse un giorno *non* dei morti, nella nostra mortifera esistenza?» osservò Wilfrid, continuando a sventolare.

«Molto spiritoso, vecchio tricheco, ma non è questo il punto...»

«Giusto... Il punto è che lei dovrebbe camminare più lentamente! Piuttosto, si può sapere dov'è finito il poliziotto con cui stava parlando?»

«Alle tue spalle, ed è grosso come un armadio a due ante!» rispose Tim, facendo roteare il putto di bronzo in direzione del fondo della stradina. «L'agente Alistair Campbell è stato ucciso in questo vicolo due anni fa, mentre era di ronda. Il colpevole non è mai stato acciuffato! Ma non è questo a trattenerlo nel mondo dei vivi: Alistair è in pena per non essere riuscito a salvare la ragazza che l'assassino teneva in ostaggio. Ora vaga per il quartiere e soltanto quando riuscirà a salvare una vita, la sua anima avrà pace!»

Wilfrid strabuzzò gli occhi, e al contempo smise di sventolare.

«Alistair è il ventiduesimo fantasma della giornata!» continuò Tim, entusiasta. «Ventidue avvistamenti in soli cinque isolati, un primato! Te l'ho detto, oggi è un giorno strano... Una specie di festa! Vero, Alistair?» domandò Tim, cacciando un'occhiata d'intesa oltre le spalle di Wilfrid.

Alla domanda seguì il silenzio. Il maggiordomo si voltò lentamente, con timore: dietro di sé trovò solo la nebbia e le pozzanghere della stradicciola, ma sapeva che non erano soli. Purtroppo, il suo capo era tutto fuorché un ciarlatano.

«Ha risposto, signorino?» domandò Wilfrid, con voce tremante. Tim fece scorrere la punta dell'indice sulla cicatrice che gli percorreva orizzontalmente la fronte, come ad assicurarsi che fosse ancora al suo posto. Una vecchia ferita, che nascondeva ricordi orribili. Di tanto in tanto, Tim la toccava per assicurarsi di essere sveglio, visto che nei sogni la cicatrice scompariva.

«No...» disse infine. «Purtroppo, Alistair ha la bocca spaccata in due da un colpo d'ascia, e questo lo rende alquanto taciturno. Meglio così, detesto i fantasmi petulanti!»

«Già...» replicò Wilfrid, continuando a fissare il vuoto della viuzza. «Lei chiacchiera abbastanza per tutti...»

«Parlo molto perché ho molto da dire, esattamente come tu ti lamenti molto perché...» Tim rimase interdetto, poi domandò: «Ora che ci penso, perché ti lamenti tanto, vecchio mio?».

«È per via del mio principale...» grugnì Wilfrid, riaggiustandosi il cilindro sulla testa. «... Un tipo insopportabile!»

«Quando fingi livore nei miei confronti diventi un vecchietto adorabile!» commentò Tim. «Ma bando ai sentimentalismi! Dobbiamo andare!»

«Perché, non siamo già arrivati?» mugugnò Wilfrid, disperato alla sola idea di riprendere l'inseguimento.

«Certo che no!» esclamò Tim, ricominciando a zompare. Un paio di falcate e, *Ciaff! Ciaff!*, era scomparso. Il seguito delle sue parole giunse riverberando dall'intrigo delle viuzze: «Questa è stata solo una parentesi, utile a salutare Alistair e a battere il mio record personale di avvistamenti in una mattina! Le nostre ambizioni sono ben più alte!».

«Santo cielo...» commentò Wilfrid, buttando gli occhi al cielo. «Lei mi farà diventare vecchio, signorino!»

«Tu sei già vecchio, Wilfrid!» controbatté la voce di Tim, tra un *Ciaff* e l'altro.

«Beh... *Più* vecchio!» sbuffò il maggiordomo, cercando di orientarsi nel labirinto.

«Prima affermi che morirai, poi che diventerai molto vecchio... Ti contraddici!»

«Mi vuole dire dove stiamo andando?»

«Semplice! Stiamo andando esattamente dove stavamo andando fin dall'inizio!»

«Ovvero?» insistette Wilfrid, esasperato.

«A far visita al professor Gideon Fitzpick! Pare che la sua dimora ospiti uno spettro dalle caratteristiche sorprendenti!» annunciò la voce di Tim, che pareva arrivare dall'oltretomba. «Se dovessi vederlo, sarebbe il ventitreesimo!»

Quando il maggiordomo si affacciò dal labirinto, Specter aveva fatto in tempo ad acquistare il *Times* e a mettersi a leggere seduto su una panchina.

«A volte mi chiedo perché mi ostini a portarti con me, Wilfrid...» commentò Tim, senza alzare gli occhi dal giornale.

«Semplice, signorino...» mugugnò il maggiordomo, rovinando sulla panchina. «Senza di me non avrebbe una scusa per poter ascoltare il suono della sua voce, che lei ama tanto!»

«Tzè! Come se non fossi perfettamente in grado di parlare da solo!» sbuffò Tim, voltando pagina. *Sfrush!* «Piuttosto, guarda un po' qua: l'assassino dell'orologio ha colpito per la settima volta!» continuò, indicando la foto d'apertura della cronaca nera, che raffigurava tre poliziotti messi in posa intorno a un corpo senza vita. La vittima si chiamava Janeth Desmond, una fioraia: era stata uccisa con una coltellata, poi le era stato infilato

in bocca un orologio da taschino privo di lancette. Scotland Yard brancolava nel buio.

«Perché non ce ne occupiamo, signorino?» domandò Wilfrid. «Sa, per una volta, avere a che fare con un assassino in carne e ossa mi darebbe una sensazione quasi confortante. Per esempio, potrei vederlo!» concluse il maggiordomo, sarcastico.

«Mi occuperò dell'assassino dell'orologio solo se me lo chiederanno le sue vittime!» rispose Tim.

«A che serve chiudere la stalla, se i buoi sono scappati?» domandò Wilfrid, provocatorio.

«Serve a impedire che quelli come te entrino per fare domande idiote, vecchio tricheco!» replicò Tim. Poi appoggiò il giornale, si alzò e sollevò il putto di bronzo per indicare il lato opposto della strada, dove si ergeva una villetta a due piani fatta di mattoncini rosa, che non assomigliava a nessuno degli edifici circostanti. «Puoi tirare un sospiro di sollievo… Siamo arrivati!»

«Quella è casa Fitzpick?» domandò Wilfrid.

«Appartiene a sua zia, la signora Gilda Pemberton, un'anziana ammalata di demenza che nessuno vede da chissà quanto tempo… Fitzpick ci abita soltanto da quattro anni…»

«Una costruzione curiosa…» commentò il maggiordomo.

«Mai quanto il caso che il professore sta per sottoporci…» commentò Tim, passandosi di nuovo l'indice sulla cicatrice. «Pare che il fantasma del maggiordomo della Pemberton, tale Harold Stenton, abbia cominciato a infestare la casa ben quindici anni dopo la sua dipartita! Un fantasma in ritardo… Non ci era mai successo, no?»

«Stando al suo fianco, signorino, le cose mai successe succedono fin troppo spesso!»

«Smettila di cianciare, non sei bravo con i giochi di parole!» esclamò Tim, attraversando la strada. Wilfrid si alzò, per poi gettare un'ultima occhiata in direzione del giornale, ancora aperto sulla panchina. La fotografia di Janeth Desmond pareva osservarlo, la bocca spalancata in una smorfia orribile, l'orologio ficcato in bocca.

«Avanti, muoviti!» lo richiamò Tim. «Siamo arrivati giusto in tempo per il tè!»

I due infilarono le scalette che conducevano alla porta d'ingresso di villa Pemberton, lasciandosi alle spalle il clima uggioso di quel giorno dei morti del 1895.

CAPITOLO 2

IL FANTASMA DEL MAGGIORDOMO

Intorno al tavolo del salotto sedevano cinque persone.

«Zenzero...» sospirò Wilfrid, annusando con aria assorta il vapore che saliva dalla sua tazza di tè. Jonathan Wilfrid era un uomo anziano, ma ancora in forze: alto, magrissimo e con due svolazzanti basette ricciute, lavorava per la famiglia Specter da che aveva memoria. Il padre di Tim, Algernon, lo aveva salvato dall'orfanotrofio, e da allora Wilfrid era stato prima il garzone e poi il maggiordomo di casa. Da qualche anno la sua vita aveva conosciuto una seconda giovinezza, che lo vedeva affiancare Specter nella caccia ai fantasmi. «Sebbene "caccia" sia un termine improprio, visto che in realtà il mio lavoro consiste nel liberare gli spiriti, e non nell'imprigionarli!» avrebbe obiettato Tim.

A seconda dei momenti, Tim era per Wilfrid un datore di lavoro, un figlio, un compagno di avventura, un amico o un malato da accudire. Questa confusione nei ruoli portava il maggiordomo a provare sentimenti contrastanti, abilmente nascosti sotto una maschera di uomo lamentoso e sarcastico. Wilfrid era un eccellente maggiordomo, e su questo nessuno avrebbe potuto dir niente.

In tutta la sua vita, non aveva mai visto un fantasma.

«Forse non gradisce lo zenzero, mister Wilfrid?» domandò il professor Fitzpick, interrompendo per un attimo l'accensione della pipa. Gideon Fitzpick era titolare della cattedra di Psichiatria al Queen Mary College di Londra. Si vantava di aver studiato in Germania, e di essere stato allievo del celebre Wilhelm Griesinger, autore del prezioso manuale *Patologia e Terapia delle malattie psichiche*. Tuttavia, questo non era possibile, perché il neurologo tedesco era morto nel 1868, epoca in cui Gideon indossava ancora i calzoncini corti. Fitzpick si portava quindi appresso la fama di inguaribile bugiardo, cosa che conferiva ai suoi modi ampollosi una nota vagamente ridicola: questo perché nessuno è più ridicolo di un bugiardo. «A meno che Griesinger non sia tornato dall'aldilà per delle lezioni private» avrebbe ipotizzato Tim. Ma questo non era possibile, poiché neanche Gideon Fitzpick, come Jonathan Wilfrid, aveva mai visto un fantasma.

«Tutto il contrario...» rispose Tim, per conto del suo domestico. «Wilfrid ama lo zenzero, a tal punto che quando ne sente l'odore non può fare a meno di nominarlo, come un ragazzino di fronte a una fotografia dell'amata... Non è vero, Wilfrid?»

«Esatto, signorino... NON È VERO!» grugnì il maggiordomo, offeso.

Tim Specter era un cacciatore di fantasmi, il più dotato della sua epoca, e probabilmente anche di tutte le altre epoche. Il suo dono era un'eredità del padre, Algernon Specter, che a sua volta lo aveva avuto dal nonno, Arthur, e così via fino alle radici più profonde dell'albero genealogico di famiglia. Per gli Specter, che venivano dalla Scozia, vedere i fantasmi era affare genetico. Tim era nato nelle Highlands, presso il castello di famiglia: «In una notte buia e tempestosa!» era solito aggiungere lui, accordando alla sua professione un'autobiografia dalla giusta atmosfera.

Nella sua carriera, Specter aveva visto decine, centinaia, migliaia di fantasmi, comunicando con la maggior parte di loro come voi parlate di frutta con il vostro fruttivendolo, o di orologi con il vostro orologiaio. Tuttavia, non era sempre così facile: alcuni fantasmi negavano il contatto, altri ancora erano malvagi, o addirittura pericolosi.

Tim, in quegli anni, era diventato una celebrità, apparendo sui quotidiani con la regolarità di un bollettino meteorologico. Purtroppo, raramente i toni erano entusiastici: alcuni giornalisti lo ritenevano un visionario, altri un vero e proprio truffatore. Ma a lui non importava, visto che soltanto una cosa lo interessava davvero: il mistero, in tutte le sue sfumature.

«Sono contenta che le piaccia!» commentò sorridente la signora Fitzpick, in riferimento al tè allo zenzero.

Madeleine Fitzpick era una donna non più giovane, ma non ancora vecchia. Teneva le mani sempre giunte, forse perché in giovane età aveva sfiorato il convento, ma più probabilmente perché non sapeva dove metterle: infatti, Madeleine passava la maggior parte del tempo a fare niente. Come tante signore dell'epoca, viveva all'ombra della professione del marito: questo in parte la intristiva, e in parte la confortava. In vita sua, la donna aveva visto un solo fantasma. Per essere precisi, era successo la notte precedente, e la sua visione era proprio la causa della presenza di Tim e Wilfrid alla villa.

«Tilly...» chiamò Gilda Pemberton, incastrata nel divanetto d'angolo come una sardina nella scatola. Tilly, quindici anni prima, era stato il gattino di compagnia della signora, ma oggi non avrebbe risposto al richiamo: infatti, le sue ossa riposavano in giardino da molto tempo. «E i gatti morti, come il resto delle bestie, non diventano fantasmi!» avrebbe commentato Tim. «Questa è una fortuna, visto che sono allergico!» avrebbe aggiunto. Gilda Pemberton era secca come un punteruolo e gobba come un appendiabiti: pareva proprio una radice di zenzero, tanto era bitorzoluta e giallastra. Anni prima era stata una bellissima donna, ma di quello splendore non rimanevano che vaghi ricordi calpestati dal tempo. Un essere distante, e per questo in grado di entrare in contatto con le forze misteriose che si nascondono oltre i muri del visibile. Infatti, anche se in modo involontario, era stata di certo l'anziana a evocare il fantasma di Harold Stenton. Il motivo dell'apparizione e il modo in cui era avvenuta erano i misteri alla base del prossimo incarico di Tim.

«Quella è sua zia... Sbaglio?» domandò Specter al professor Fitzpick.

«Proprio lei...» replicò Gideon, amaro. «... O quello che ne rimane...»

«Non tutto ciò che rimane è visibile agli occhi...» commentò Tim. «Lei è uno psichiatra, dovrebbe saperlo...»

«È bene che glielo dica subito, Specter: se lei si trova qui è solo perché mia moglie ha insistito allo sfinimento! Mi dissocio da tutto ciò che le riferirà di aver visto. I fantasmi non esistono!» sentenziò Fitzpick, come a marcare la distanza tra la sua professione e quella di Tim, che riteneva ridicola. Madeleine abbassò lo sguardo, imbarazzata dalle parole del marito.

«Come vuole, professore...» si limitò a sospirare il cacciatore di fantasmi, poi si rivolse a Madeleine: «Quindi è stata lei a vederlo?».

«Sì...» rispose la donna, poggiando la tazza per impedire che il tremore facesse rovesciare il tè. Il suo sguardo era cambiato: le pupille si erano fatte enormi, come accade quando si cerca di vedere nel buio. Stava ricordando. «È successo intorno a mezzanotte... Non riuscivo a dormire, ero inquieta. Ho sentito dei passi dall'ingresso, e mi sono alzata per controllare. Quando sono giunta in salotto, un freddo pungente mi ha attraversato la schiena e poi... Poi l'ho visto!» Madeleine fece una pausa per mettere di nuovo a fuoco il ricordo, confuso tra i gorghi della paura. «Se ne stava in piedi davanti alla poltrona della zia, i due si fissavano. All'inizio ho pensato fosse un ladro, ma...»

«... Ma i ladri non indossano un completo da maggiordomo, giusto?» intervenne Tim. «A parte Wilfrid, che percepisce un salario da rapina...» aggiunse, facendo sussultare il domestico. Fitzpick aveva distolto lo sguardo, e si limitava a scuotere la testa in segno di disapprovazione.

«Paralizzata dallo spavento, non sono riuscita neanche a urlare...» balbettò Madeleine. «Era un uomo vecchio, ma imponente! Le sue mani e i suoi abiti erano lordi di sangue rappreso, come si fosse addormentato nella vasca di un macello! Emanava un odore orribile, pungente come l'aceto e fetido come la carne marcia. Scrutava la signora Pemberton con occhi da rapace, come per rimproverarla di qualcosa, e nel mentre scuoteva l'indice insanguinato a sinistra e a destra, in segno di negazione... Non so cosa volesse comunicarle...»

«Tilly...» chiamò l'anziana, persa nel suo mondo.

«E poi?» domandò Tim.

«Poi ho urtato lo stipite della porta, lui si è voltato... E mi ha vista!» esclamò la donna. «È stato solo in quel momento che ho notato i segni sul suo collo...»

«Tilly...» ripeté la vecchia.

«Sembravano delle bruciature, ma erano più gonfie... e pulsavano, come se vi scorressero dentro dei vermi...» balbettò Madeleine. «I suoi occhi si sono illuminati come due fari e, continuando a menare il dito per aria, è avanzato verso di me!»

«Tilly!» urlò Gilda Pemberton, con voce strozzata, e Gideon Fitzpick perse le staffe.

«La vuoi smettere, zia? Il tuo maledetto gatto è morto!» tuonò. Tim e Madeleine si voltarono verso di lui, interdetti. «Tutto questo è ridicolo!» aggiunse lo psichiatra, furioso, poi uscì dalla stanza a rapide falcate, sbattendosi la porta dello studio alle spalle. *Bam!*, rispose la porta.

«Tilly...» sospirò ancora una volta la Pemberton, che non si era accorta della scenata.

«E poi?» domandò Tim, come se l'interruzione non fosse mai avvenuta.

«Poi ho chiuso gli occhi...» rispose Madeleine. «... Ma quando li ho riaperti...»

«... Il fantasma era scomparso!» intervenne Wilfrid, sbadigliando.

«Come fa a saperlo?» domandò la donna, sorpresa.

«Intuito...» replicò Wilfrid, annoiato.

«È sicura che si trattasse di Harold Stenton?» chiese Tim.

«Non ho mai conosciuto il maggiordomo della signora Pemberton: quando io e mio marito arrivammo, lui era già morto da molti anni. Però ho visto una sua fotografia. Inoltre, i racconti sul suo conto si sprecano...»

Tim inarcò un sopracciglio.

«In che senso... "Si sprecano"?»

«Harold è stato il maggiordomo di villa Pemberton per trentacinque anni...» disse la donna, che aveva ritrovato un certo contegno. «Trenta dei quali passati esclusivamente con Gilda, rimasta vedova in giovane età. In una notte dell'inverno del 1875, senza nessun motivo apparente, scese in giardino e si impiccò con un paio di bretelle! La quercia a cui si appese è ancora al suo posto. Se volete, possiamo scendere a vederla...»

Wilfrid strabuzzò gli occhi, poi abbassò lo sguardo a osservarsi le bretelle. Infine deglutì.

«Un fantasma in ritardo», aveva commentato Tim per la via.

«Un fantasma in ritardo...» ripeté ora, fissando Madeleine negli occhi. «Secondo lei, signora, perché Stenton ha aspettato tutti questi anni per tornare?»

«Non si crucci di rispondere...» consigliò Wilfrid. «Sembra una domanda, ma non è così: il signorino conosce già la risposta. In pratica, sta parlando da solo...»

«Glielo dico io, il perché!» sbottò Tim, confermando la teoria del domestico. «Un elemento di grande forza medianica ne ha destato il sonno! Lo spirito di Stenton era bloccato a metà strada tra il mondo dei vivi e quello dei morti, e la forza lo ha riportato di qua! Forse l'energia mentale di Gilda, ma più probabilmente qualcosa di straordinario di cui per ora ignoriamo l'esistenza!»

«Sarebbe a dire?» domandò Madeleine, che aveva perso il filo del discorso.

«Sarebbe a dire che ancora non lo so!» aggiunse Tim, con crescente entusiasmo.

«Tilly...» chiamò la Pemberton.

«Sono qua, padrona! Miao!» rispose Wilfrid, fingendosi un gatto. Si era stancato di ascoltare quella cantilena incessante.

«Ma... Tilly!» sbottò la vecchia. «Sei diventato strano... Sembri un uccellaccio spennato!» aggiunse, squadrando il maggiordomo con aria improvvisamente presente. Wilfrid bofonchiò qualcosa, poi trangugiò l'ultimo sorso di tè.

«Mettiamoci al lavoro!» esclamò Tim. «Se uno spirito ritorna, significa che ha lasciato un conto in sospeso!»

«Come noi al *Black Owl Pub*, signorino, o all'*Ancient Mariner*!» commentò Wilfrid.

«Esattamente, amico mio! Come noi al *Black Owl Pub*!» ripeté Tim, poi rimase interdetto, e domandò: «Davvero siamo sotto anche all'*Ancient Mariner*?».

«Già... Di quattro bottiglie!»

«Che seccatura...» sospirò Tim, battendosi ritmicamente il putto di bronzo sul mento, poi si sfiorò la cicatrice con l'indice e annunciò: «Perfetto, siamo svegli! Possiamo cominciare!».

Fuori era scesa la sera, spazzata dalla pioggia battente e ammantata da una nebbia lattiginosa. Anche il clima amava accordarsi alla biografia di Tim, e pertanto si era fatto spettrale.

«Animo, Wilfrid!» esclamò Specter. «Dopotutto, si tratta di un maggiordomo! Per te è un caso di categoria! Dovresti essere indignato!»

«Lo sono, signorino...» sospirò il domestico, alzandosi pigramente. «Indignatissimo...»

Madeleine osservò i due uomini mettersi al lavoro, e pensò che erano ancor più strani del mestiere che avevano scelto di esercitare.

CAPITOLO 3

UNA CASA VUOTA

La pendola diede otto colpi quando Tim Specter si riaffacciò dallo studio di Gideon Fitzpick. Il tentativo di cavargli qualche informazione era andato a vuoto, visto che lo psichiatra aveva passato gran parte del colloquio a discutere del gioco del tennis, deridendo la passione di Madeleine per quello sport. «Ci pensa, Specter?» aveva detto. «Due ricchi annoiati che passano interi pomeriggi in giardino a tirarsi addosso una pallina! Tic e poi toc, tic e poi toc… All'infinito, come degli idioti! Pensi che mia moglie partecipa addirittura a dei tornei! Si tengono a Ilford, due volte al mese. Lei è mai stato a Ilford, Specter?»

«No, professor Fitzpick…» aveva replicato Tim con aria afflitta.

«Nemmeno io, e dio me ne scampi!» aveva esclamato lo psichiatra. «E pensi che per giocare a quel tennis si vestono di tutto punto! Abiti bianchi come il latte, da chierichetti! Madeleine non si preoccupa mai del suo aspetto come quando va a Ilford! Non lo trova assurdo?»

«Signor Fitzpick...» commentò sommessamente Tim, che aveva poggiato il mento sul vertice del putto di bronzo. «Posso sapere perché diavolo stiamo parlando del tennis?»

«Ho iniziato io, di punto in bianco, e senza alcun motivo!» esclamò Fitzpick, tutto soddisfatto, ravvivando il fuoco della pipa. «Il tennis è il mio argomento preferito, quando si tratta di scoraggiare un ficcanaso!»

«Devo ammettere che funziona...» concluse Tim, alzandosi. Era ora di andare. Specter si guardò un'ultima volta intorno, alla ricerca di un qualche dettaglio che catturasse la sua attenzione. Non lo trovò. Quello di Fitzpick era il più ordinario degli studi: una scrivania, una biblioteca, gli attestati alle pareti e via discorrendo, tutto perfettamente ordinato e pulito. «Un uomo che rispetta del tutto la convenzione rappresenta un'eccezione...» avrebbe detto più tardi a Wilfrid. «Mai fidarsi del consueto!» avrebbe aggiunto.

Tim restò per un po' sulla soglia della stanza, a osservare con occhi allampanati un punto casuale del pavimento.

«Che c'è, Specter?» domandò Fitzpick, che si era fatto di umore allegro. «Ha per caso visto il fantasma di un tappeto?»

«No...» sospirò Tim. «Pensavo a mia moglie. Anche lei mi dava del ficcanaso. Diceva che se avessi cominciato a farmi gli affari miei ci saremmo finalmente tenuti lontani dai guai...»

«Santa donna!» commentò Fitzpick e, *Puff!*, la pipa mandò una nuvoletta in direzione del soffitto. «È ancora in tempo per darle retta, sa? Non è mai tardi, per seguire un buon consiglio!»

«Invece è tardi...» replicò Tim, facendo seguire alla frase il silenzio. Infine alzò lo sguardo, fece un leggero inchino in direzione di Fitzpick e disse: «Torneremo domani, ma non creda di averla spuntata, professore: ho ancora molte domande da farle!».

«Tic e poi toc, all'infinito!» commentò Fitzpick, imitando una racchetta con la mano.

Sul corridoio, Tim incrociò Madeleine che accompagnava Gilda Pemberton nella sua stanza. La vecchia si reggeva con il bastone, tremando come una foglia a ogni passo: tuttavia, il volto era rilassato, come se la sua coscienza fosse tanto distante da non accorgersi della fatica.

L'ambiente era immerso nella penombra, illuminato soltanto dalla lampada a olio sorretta da Madeleine.

«Come va, signora Pemberton?» domandò Tim. «Ha poi ritrovato il suo Tilly?»

L'anziana si fermò di colpo, e squadrò Tim dall'alto al basso con occhi sospettosi.

«Dottor Stewart?» disse infine, con voce cigolante. «Cosa ci fa alla villa a quest'ora?»

«Il dottor Joseph Stewart è il medico della signora...» sussurrò Madeleine. «Deve averla scambiata per lui...»

«Sono venuto a trovarla, signora Pemberton!» rispose Tim, poi sfoderò il più cordiale dei sorrisi falsi e disse: «Ho saputo che ieri notte è passato anche il vecchio Stenton... Non è così?».

Alla domanda, gli occhi di Gilda Pemberton si fecero torvi, poi

la vecchia ebbe un sussulto, tanto violento che il suo bastone si librò in aria e colpì il polso di Madeleine, disarmandola della lampada a olio. *Crash!*, fece la lampada, e tutto fu buio.

«Lei non è il dottor Stewart!» esclamò la signora, nell'oscurità. «E morirà, se non si ricorda del poliziotto!»

«Quale poliziotto?» domandò Tim, mentre dal buio arrivavano i sommessi "Santo cielo" di Madeleine, terrorizzata a morte per l'improvvisa oscurità. *Crack!*, ruggì il temporale, facendo vibrare le finestre della casa.

«Tic e poi toc...» sussurrò Gilda nel silenzio che seguì. «Tic e poi toc... Questa è la chiave! Guardate...» aggiunse, e subito un lampo giallo attraversò la finestra, illuminando in controluce una sagoma che si stagliava in fondo al corridoio. L'ombra di un vecchio. Fu solo un attimo, poi il buio tornò a regnare. *Crack!*, ripeté il temporale.

«Santo cielo... Il fantasma!» balbettò Madeleine, sul punto di svenire.

Tim si sfiorò la cicatrice. Erano svegli. *Toc! Toc!* L'ombra avanzò nell'oscurità, finché un nuovo lampo ne illuminò la silhouette: fu allora che Tim notò le basette.

«Wilfrid?» domandò allora.

«Mi dica, signorino...» rispose l'ombra, un attimo prima di accendere con un fiammifero la lampada a olio che reggeva in mano. La luce irradiò il corridoio, rivelando il volto del maggiordomo. Nel frattempo, per lo spavento, Madeleine si era appesa a una tenda: quando la vide, Gilda Pemberton scoppiò a ridere in modo sinistro.

«Vecchio tricheco, vacci piano con queste entrate a effetto... Mi spaventi la signora!» commentò Tim.

«Mi perdoni, Madame...» disse Wilfrid, ossequioso.

«Signora Pemberton» riprese Tim, rivolto all'anziana. «Potrebbe essere più chiara? Di che poliziotto stava parlando?»

La Pemberton aveva smesso di ridere di colpo, e ora fissava il nulla con occhi svuotati.

«Tilly...» chiamò, in direzione del salotto.

«Doveva proprio amarlo, quel gatto!» commentò Wilfrid.

«Basta!» tuonò Madeleine, stremata dalla paura. «Ci lasci andare a dormire, signor Specter! Riprenderà il suo interrogatorio domani!»

«Veramente, mi sembrava importante, signora Fitzpick!» protestò Tim.

«Se è davvero importante, lo sarà anche domani!» replicò Madeline, mentre faceva riprendere la marcia all'anziana.

«Mi potrebbe almeno dare l'indirizzo di quel dottor Stewart?» domandò Tim. «Domani mattina vorremmo fargli visita!»

«Davvero pensa che possa aiutarla con il fantasma?» replicò Madeleine, sottovoce, e pronunciando la parola "fantasma" si spaventò da sola.

«Certo che no!» mentì Tim. «Ne ha bisogno il povero Wilfrid! Purtroppo, la gotta non gli dà pace!»

Questa volta il maggiordomo non si offese. Si limitò a sospirare nel buio, poi sbadigliò.

«Non capisco mai quando scherza, signor Specter...» mormorò Madeleine, e la sua voce era ormai un sussurro lontano. «Comunque, lo studio di Stewart si trova in Marple Street, al piano terra di una palazzina coperta di rampicanti. Mio marito dice che un giorno Stewart finirà divorato dalle piante!» aggiunse la donna. «Siete strani, voi maschi... Sentite sempre l'esigenza di fare gli spiritosi...» concluse, in tono vagamente triste.

Tim osservò le due donne sparire oltre il vertice delle scale, accompagnate dalla luce della lampada che gli aveva lasciato Wilfrid. "Tic e poi toc", pensò Tim, concludendo che probabilmente era un modo di dire che Fitzpick usava spesso, e che la signora aveva sentito da lui. Ma l'ipotesi non lo convinceva.

«Le ha rivelato qualcosa di utile, signorino?» domandò Wilfrid, poi i due camminarono nel buio, fino a giungere in sala, dove il fuoco scoppiettava nel camino.

«Forse...» sospirò Tim. «Quella vecchia è una veggente! Quando parla, apri bene le orecchie: sono convinto che sarà lei a darci la soluzione!»

«E se Madeleine si fosse inventata tutto?» rifletté Wilfrid, in un sussurro.

«Così mi offendi, vecchio tricheco... So ancora distinguere una testimonianza vera da una falsa! Se così non fosse, lavorerei per Scotland Yard!» sottolineò Tim, che nutriva scarsa stima nei confronti della polizia londinese. Poi aggiunse, lapidario: «Quella donna dice il vero!».

«Restiamo a dormire?» chiese Wilfrid.

«No... Passeremo la serata al *Black Owl*, poi dormiremo a casa e torneremo domani! Stanotte il fantasma di Stenton non verrà. Non chiedermi come lo so, ma lo so...» sospirò. «Io ricordo tutto, sai?» aggiunse, con aria esausta.

«Tutto cosa?» chiese Wilfrid.

«Tutto...» ripeté Tim, scuro in volto, poi sussurrò: «Lei non è mai tornata sotto forma di spettro. Significa che la sua anima è pacificata. Dovrei esserne contento, e invece a volte me ne rammarico...».

«Di chi sta parlando?» domandò Wilfrid, fingendo di non capire.

«Di Elizabeth...» sospirò Tim. «Tra una settimana faranno cinque anni dal giorno in cui Thaddeus Mirakola me la portò via...»

«Mirakola marcirà per il resto dei suoi giorni nel carcere di Newgate!» commentò Wilfrid. «Non è una grossa consolazione, ma è qualcosa...» concluse.

«Dovrebbe marcire all'inferno...» disse Tim.

«Non esiste un inferno peggiore di Newgate! Una volta ci ho visto un ratto grande come un cavallo da competizione!» bofonchiò il maggiordomo, provando maldestramente a essere divertente.

Nella stanza era calato un tale silenzio che si potevano sentire le lancette del pendolo battere i secondi e, *Wooosh!*, l'urlo lontano del vento che correva in su e in giù per la via.

«Perché la notte la rende tanto malinconico?» domandò infine Wilfrid.

«Ascoltare le tue lamentele è estenuante, vecchio tricheco! Un crollo nervoso di fine giornata è perfettamente fisiologico!» rispose Tim. Wilfrid rise, ma in modo triste: la voce del suo padrone era ancora amara, e lui lo avvertiva.

«Signorino, lo sa che la vecchia mi ha scambiato per il suo gatto?»

«A me per il dottor Stewart. A proposito, segnati il suo nome, e anche la via dello studio...» ordinò Tim. Wilfrid aprì il taccuino e, servendosi di una matita spuntata, vergò agilmente le parole "Joseph" e "Stewart". Sotto aggiunse la via, che era Marple Street.

«Crede che questa casa sia davvero infestata, signorino?»

«Oh, certo... Sicuro che lo è! Ma è sempre bene ricordarsi una cosa...» rispose Tim, nei cui occhi brillava uno strano riflesso. «Una casa infestata dai fantasmi è una casa vuota...»

CAPITOLO 4

TEMPO DA LUPI

Wilfrid sapeva scrivere. Il fatto non è scontato, se si pensa che a quei tempi la grande maggioranza della servitù era del tutto analfabeta. Algernon Specter era convinto che solo chi sa scrivere bene può pensare bene, e così aveva instradato il piccolo Jonathan sulla via della lettura, passione che lo aveva accompagnato fino alla vecchiaia. Nella biblioteca di casa Specter, un piccolo angolo era dedicato alla collezione privata del maggiordomo, costituita soprattutto da romanzi. Il suo preferito era *Moby Dick*. «Un libro tecnicamente impreciso! Come dico sempre, le bestie non generano fantasmi!» commentava Tim. «Ma Moby Dick non è un fantasma!» contestava Wilfrid. A quel punto, Specter puntava il putto di bronzo contro il naso del maggiordomo e domandava: «Ne sei sicuro, vecchio tricheco?».

Insomma, Wilfrid sapeva scrivere e, *Scrib! Scrib!*, stava terminando di buttare giù gli appunti che Tim gli avevà dettato dopo la visita a villa Pemberton, integrandoli alle informazioni ottenute in prima persona. E mentre scriveva, il maggiordomo canticchiava a bassa voce *Wee Willie Winkie*, una canzoncina per bambini della tradizione scozzese. Quando era concentrato, Wilfrid cantava sempre la stessa canzone, ed era stonato come una campana.

«Wee Willie Winkie runs through the town! Upstairs and downstairs in his nightgown!»

Il cacciatore di fantasmi lo osservava in silenzio, voltandosi di tanto in tanto per dare un'occhiata alla sala del pub, che si stava riempiendo. Il *Black Owl* era frequentato da clienti di tutti i tipi, ricchi e poveri, giovani e vecchi, uniti dalla passione per il liquore e il tirar tardi: da ogni angolo sorgeva una risata, una bestemmia, una dichiarazione d'amore, e il tempo scorreva a velocità doppia, inebriato dai fumi del whiskey invecchiato. Un luogo chiassoso, talvolta pericoloso, ma pieno di luce e vitalità: basti pensare che, tra quelle mura, a Specter non era mai capitato di avvistare un fantasma.

«Tapping at the window, crying at the lock!» cantò Wilfrid, continuando a far roteare la matita sul taccuino.

«Hai finito, Dorothy?» domandò Tim. Era così che chiamava Wilfrid quando il maggiordomo svolgeva compiti di segreteria. Si era perfino inventato il cognome: Dorothy Malone.

«Può evitare di chiamarmi in quel modo, signorino?» rispose Wilfrid, che si offendeva ogni volta. Poi poggiò la matita sul

tavolo, si sfilò gli occhiali dal taschino e li inforcò sul naso. Intanto, Tim si era versato un bicchierino di whiskey, il primo di una lunga serie.

Il maggiordomo si schiarì la voce, e cominciò a leggere:

Gilda Pemberton. Ottant'anni, vedova, ricca sfondata. Nasce nel 1815 con il nome di Gilda Taylor, cresce a Bristol. I suoi genitori, Aldous e Anna Taylor, muoiono in un incendio quando Gilda è soltanto una bambina. La piccola si trasferisce a Londra, a casa dello zio, un certo Robert Taylor (fratello di Aldous, scapolo, membro della Camera dei Lord). Alla morte dello zio, Gilda eredita la casa e il patrimonio di famiglia. Nel 1845 sposa Walter Pemberton, un commerciante in gioielli. Nello stesso anno, Harold Stenton viene assunto come maggiordomo presso la villa. Soltanto quattro anni dopo, Walter muore di tumore ai polmoni presso una clinica per ricchi nei dintorni di Ilford (nota: lo stesso paese dove la signora Fitzpick si reca per giocare a tennis). Gilda vende la gioielleria pochi mesi dopo: da allora vive da reclusa, e nessuno la vede più. A parte Stenton, ovviamente, che la serve fedelmente fino al 1875, anno in cui si toglie la vita appendendosi per il collo. Nel 1891, Gideon Fitzpick ottiene la cattedra di Psicologia presso l'Università di Londra, e così si trasferisce nella capitale, presso villa Pemberton (nota: prima abitava in Germania, a Dresda). Con lui, la moglie Madeleine. I Fitzpick accudiscono Gilda, ammalata di una forma acuta di demenza senile.

Fatto strano: sebbene la casa sia molto grande e la signora necessiti di attenzioni complesse, i due non assumono domestici.

Le informazioni qui riportate sono state ricavate da due colloqui: quello tra Timotheus Specter e Gideon Fitzpick e quello tra Jonathan Wilfrid e Madeleine Fitzpick, entrambi avvenuti in data 2 novembre 1895. Fitzpick asserisce di averle apprese nel corso degli anni da suo padre, Thomas Fitzpick, cugino di Aldous Taylor. Madeleine, di riflesso, ha saputo tutto dal marito.

«Sono un sacco di informazioni!» commentò Tim, stupito. «Davvero Madeleine si è sbottonata a tal punto?»

«Credo abbia un debole per me, signorino…» commentò Wilfrid, compiaciuto. «E comunque, è un brava persona, al contrario di quel barbagianni del signor Fitzpick!»

«I docenti dell'Università di Londra sono tutti così... Ne ho conosciuti di vivi, ne ho conosciuti di morti... Non si scappa!» rispose Tim, ingollando in un sol colpo il whiskey.

«Davvero la Fitzpick mi ha scambiato per il fantasma?» domandò Wilfrid, e i baffoni si sollevarono in un sorriso. La cosa lo divertiva.

«C'è da capirla, anche voi maggiordomi siete tutti uguali! Piuttosto, passami il ritratto della Pemberton...»

Wilfrid tirò fuori dalla tasca una fotografia di piccole dimensioni, che ritraeva Gilda intorno al 1860. Fitzpick l'aveva trovata in casa, dentro a un cassetto. Nessuno sapeva chi l'avesse scattata.

Nel ritratto, Gilda indossava un vestito bianco con il colletto di pizzo, e sedeva sulla stessa poltrona di quel pomeriggio.

Wilfrid riprese la lettura:

Che cosa sappiamo di Harold Stenton? Dal foglio di assunzione, ritrovato tra i documenti di Gilda Pemberton, siamo risaliti all'anno di nascita, il 1812. A giudicare dall'estremo ordine dei libri contabili, Stenton era un uomo di casa eccellente. Per ora, non abbiamo notizie di parenti, né vivi né morti. Nella villa non sono stati rinvenuti oggetti appartenuti al domestico, a parte un suo ritratto fotografico, forse scattato lo stesso giorno di quello della signora Pemberton.

«Su di lui sappiamo pochissimo...» sospirò Tim, poi prese la bottiglia e si servì un nuovo whiskey. «Chissà perché si è ucciso. Forse era ammalato, o depresso...» aggiunse, osservando il liquido che, luccicando, scivolava nel bicchiere.

«Non è facile stabilirlo...» disse Wilfrid. «Togliersi la vita non è il risultato di un'operazione matematica. I fattori sono molti, e molto confusi. Come un mazzo di carte caduto per terra...» aggiunse.

«Bella risposta, vecchio tricheco, ma così non mi aiuti...» replicò Tim, il cui sguardo, appannato dal whiskey, si era fatto distante.

«Magari aveva perso tutti i soldi a carte...» ipotizzò Wilfrid, che aveva un debole per il bridge.

«Ha smesso di piovere...» sospirò Tim, sbattendo sul tavolo il bicchierino e voltandosi in direzione della vetrata del pub. «Che ne dici di fare due passi?»

«Solo se mi promette di camminare adagio...»

«Credo di non avere scelta, se non voglio andare a sbattere!» disse Tim, ubriaco.

«Non dovrebbe bere così tanto!» commentò Wilfrid. «Se li immagina i titoli dei giornali? *Tim Specter, il cacciatore di fantasmi ucciso dallo spirito!*» aggiunse, sogghignando.

Tim abbozzò un sorriso triste, poi, aiutandosi con il bastone, si issò in piedi e barcollò in direzione dell'uscita. Quando fu sulla soglia, si voltò un'ultima volta verso il tavolo, sollevò la mano destra e prese a scuotere l'indice a destra e a sinistra. All'inizio Wilfrid non capì, poi ricordò che quello era il gesto compiuto dal fantasma davanti alla signora Fitzpick.

«La risposta alle nostre domande si nasconde dietro a un dito!» sentenziò Tim. «Paga il conto, Dorothy!» aggiunse, lasciandosi alle spalle la porta del *Black Owl Pub*.

«Certo, signorino...» grugnì Wilfrid, che si offendeva ogni volta.

Clock! Clock! Gli zoccoli dei cavalli delle ultime vetture riecheggiavano per le vie deserte. Tim e Wilfrid camminavano su Fleet Street, non lontano dai vicoli in cui si erano persi quella mattina, che ora apparivano irriconoscibili: la tempesta era cessata, lasciando il posto a una nebbia disperata, che rendeva ciechi.

«Tempo da lupi...» sospirò il maggiordomo, affiorando dal bianco come un ricordo che torna. Il maggiordomo ripensò alla fotografia di Janeth Desmond, e all'orologio senza lancette incastrato nella sua bocca. *Dong!*, fece il Big Ben, come se gli avesse letto nella mente. «Mezzanotte...»

Tim si era fermato qualche passo indietro, e osservava un edificio imponente, tanto scuro che sembrava fatto di carbone.

«Mirakola...» sussurrò il cacciatore di spettri, sorreggendosi con il bastone per non perdere l'equilibrio. L'edificio era un deposito di armi e polvere da sparo conosciuto da tutti come la Polveriera. «Possibile che tutto questo materiale esplosivo venga lasciato qui, al centro della città, con appena tre guardie a piantonare l'ingresso?» aggiunse, biascicando le parole. «Lui ci riproverà... Quel demonio presto o tardi riuscirà a evadere. Conosce più trucchi del diavolo in persona, e non saranno certo i muri di una prigione a fermarlo... Tornerà, e cercherà di ucciderci tutti, per poi infilarci nel suo cappellaccio!»

La frase di Tim fu accompagnata da una folata di vento, abbastanza violenta da costringere Wilfrid a tenersi il cilindro. Il cacciatore di fantasmi vide quella folata percorrere Delancey Street, volteggiare sulla Biblioteca di Londra, fiancheggiare il British Museum, correre su Fleet Street e infine giungere alle sbarre della cella di Mirakola. Si figurò l'intero percorso con il cuore in gola, come in un sogno a occhi aperti, ritrovandosi a osservare il sorriso del suo nemico giurato, una lama di luce nascosta nel buio.

«Dica un po', signorino...» disse Wilfrid, che voleva cambiare argomento. «Se io fossi stato al posto della signora Fitzpick, avrei visto il fantasma di Stenton?»

«Sai muovere le orecchie, vecchio tricheco?» rispose Tim.

Wilfrid fece la prova, ma le orecchie restarono immobili.

«Oh, non sforzarti... Neanche io ci riesco...» commentò Tim, sedendosi su un panchina e inzuppandosi così i pantaloni. «Con i fantasmi è più o meno la stessa cosa: o li puoi vedere o no, è una cosa che non si impara...»

«E io non posso...» sospirò Wilfrid.

«Già... E tu non puoi...» concluse Tim.

I due restarono lì per un po', senza dire una parola, come fossero le comparse distratte dell'incubo di un altro.

«Il gesto di quello Stenton...» riprese Tim. «Era un NO... Ma a cosa si riferiva?»

«Quel dito la ossessiona...» sospirò Wilfrid. Dopo aver asciugato la seduta della panchina con un fazzoletto di stoffa, si era accomodato di fianco a Tim.

«Non c'è progresso senza ossessione...» biascicò Specter. Malgrado il freddo, si stava addormentando.

«Tempo da lupi...» ripeté Wilfrid, cacciando uno sguardo in direzione della Polveriera.

Visto dal basso, l'edificio sembrava un gigante con mille occhi neri.

CAPITOLO 5

IL SOGNO DEL LIMONE

Quella notte, Tim Specter fece uno strano sogno. Succedeva spesso, quando esagerava con il whiskey.

Nel sogno, il cacciatore di fantasmi si era ritrovato a Scotland Yard, sede centrale della polizia londinese: convocato con urgenza, aveva trovato ad accoglierlo uno sbirro corpulento, vestito di tutto punto, elmetto da ronda compreso.

"Che strano, indossare il cappello in ufficio..." aveva pensato Tim. Poi si era guardato intorno: oltre a quel poliziotto, in centrale non c'era nessuno. «Anche questo è molto strano... Saranno tutti occupati con l'assassino dell'orologio...» aveva riflettuto Tim.

«L'ho fatta chiamare per una questione delicata, Specter!» aveva esclamato lo sbirro, accigliato. Poi aveva aperto la finestra dell'ufficio con un gesto brusco, quasi come se volesse romperla.

«Ci conosciamo?» aveva domandato Tim, trovando quel volto famigliare.

«Una questione molto delicata!» aveva precisato l'uomo, ignorando la domanda. «Guardi!» aveva aggiunto, indicando con il tozzo ditone oltre il davanzale della finestra. L'indice puntava in alto, verso il cielo. Tim si era messo di fianco al poliziotto, poi aveva guardato in alto.

«Da non credere, un limone in cielo!» era sbottato lo sbirro, scuotendo la testa. «Assurdo, non trova?»

«Veramente, quello è il sole, agente!» aveva esclamato Tim, osservando il cerchio giallo sospeso tra le nuvole.

«Un limone in cielo!» aveva ripetuto il poliziotto. «Me lo spiega cosa ci fa, visto che lei è un esperto di stranezze? Forse la fine del mondo è vicina?»

«Le dico che quello è il sole!» aveva insistito Tim.

«Questo è solo il suo modo di vedere le cose!» aveva replicato il poliziotto, con un ghigno irridente stampato sul volto.

«Non è un mio modo di vedere le cose! Da che mondo è mondo, i limoni stanno sulle piante: è il sole che sta nel cielo!»

«Allora perché non prova ad afferrarlo?» lo aveva sfidato lo sbirro.

«Afferrare il sole! Che idea!» aveva esclamato Tim, ridendo. «Piuttosto, è sicuro che non ci conosciamo?»

«Coraggio, ci provi!» aveva ordinato l'omone, schivando ancora una volta la domanda. Solo in quel momento, Tim aveva notato che la palla non emetteva nessun bagliore, e la giornata era grigia come in un giorno di pioggia. Incuriosito da tale stranezza, Specter aveva allungato la mano oltre il davanzale. E non potete immaginare la sorpresa provata nell'avvertire sulla pelle la fredda superficie della buccia di un limone!

Tim lo aveva afferrato, e ora il frutto si trovava nell'ufficio di polizia, appoggiato sul palmo della sua mano.

«Per san Palladio!» aveva esclamato Tim, guardandolo con occhi esterrefatti. Poi aveva alzato lo sguardo verso il poliziotto e finalmente lo aveva riconosciuto. Si trattava di Alistair Campbell, la guardia incontrata il giorno precedente sotto forma di fantasma nel labirinto di vicoli sopra Mason Street.

«E presto morirà, se non si ricorda del poliziotto...» aveva sussurrato tra sé e sé Tim, citando senza un reale motivo le parole di Gilda Pemberton. Poi si era rivolto allo sbirro: «Alistair, lei è vivo! Senza quella brutta ferita sul volto non l'avevo riconosciuta!».

«Quale ferita?» aveva replicato Campbell, portandosi le mani in faccia. Osservando quel gesto, Tim aveva avuto una nuova intuizione.

«Ma certo!» aveva esclamato con entusiasmo, poi si era tastato la fronte con il dito indice, trovandola liscia come il panno di un biliardo. «Niente cicatrice! Siamo in un sogno!»

Su queste parole, Alistair era scoppiato in una risata grassa, che era risuonata per la stanza in modo esagerato, come in una caverna profondissima. «E lo ha capito solo adesso, razza di idiota?» aveva chiesto lo sbirro, appena prima di spingere Tim oltre il davanzale. Il cacciatore di fantasmi, paralizzato come talvolta capita a chi sogna, non era riuscito a opporre resistenza, cadendo così nel vuoto, verso il marciapiede, con il limone in mano.

Nella caduta, poteva osservare la finestra dell'ufficio: Alistair si era affacciato, e lo osservava continuando a ridere in modo malvagio.

«E presto morirà, se non si ricorda del poliziotto...» si era ripetuto Tim, con il vento che gli fischiava nelle orecchie.

Poi si era spiaccicato per terra, proprio come un limone maturo.

Splotch!

E così il sogno era finito.

CAPITOLO 6

LO SPETTRO DI ROBIN TIPPERT

Quando Tim aprì gli occhi, era mattina.

Si accorse di stringere in mano la sveglia. Doveva averla afferrata mentre dormiva, ed ecco spiegata la sensazione di freddo provata nel toccare il limone.

«Un sogno interessante...» farfugliò, con gli occhi ancora impastati dal sonno. «Ricco di spunti per il caso Pemberton...» aggiunse, cercando di ricordare i dettagli, che stavano già svanendo dalla sua memoria.

Wilfrid spalancò le finestre, che cigolarono, *Gneek!*, poi mise la teiera sul fuoco, che dopo qualche minuto fischiò, *Fiiii!*, infine diede tre colpi sulla spalla di Tim, *Pat! Pat! Pat!*, che fece un ultimo sbadiglio, *Yawn!*, si sciacquò il volto con l'acqua fredda, *Splash!*, si aggiustò la barba con il rasoio, *Riip! Riip!*, e poi, *Toc! Tic! Toc!*, scese a passi incerti al piano inferiore. Quindi bevve il tè, *Glu! Glu!*, sfogliò il giornale, *Sfrush! Sfrush!*, si sciacquò di nuovo la faccia, *Splash!*, e solo a quel punto, *Buongiorno, Wilfrid!*, diede il buongiorno a Wilfrid.

Al termine di queste operazioni, la sbronza della sera precedente era passata, e Tim pareva in forma smagliante. Lui e il maggiordomo abitavano in una palazzina a due piani, situata in Bedford Square. Una casa elegante e perfettamente vittoriana, il cui interno non lasciava trasparire in alcun modo il mestiere particolare esercitato dai suoi inquilini, visto che l'arredo era del tutto ordinario, privo di stravaganze che potessero distinguerlo da quello della casa di un giudice, o di un banchiere. Tim non era interessato a esibire i suoi trofei: il lavoro del cacciatore di fantasmi aveva a che fare con l'invisibile, e l'invisibile non può essere affisso alla parete con un chiodo. «A meno che non si disponga di un chiodo fantasma, certo!» avrebbe specificato Tim. «Una volta, a Canterbury, lo spettro di un frate pazzo tentò di conficcarmene uno proprio in mezzo agli occhi!»

Come da abitudine, Wilfrid attese che il suo principale terminasse la colazione, poi si mise all'altro capo del tavolo e cominciò a sua volta a consumare il pasto.

«Pensavo ai maggiordomi...» disse Tim, aggiustandosi i polsini della camicia.

«In che senso, signorino?» domandò Wilfrid, addentando una fetta imburrata. *Crunch!*

«Disponete della vita dei vostri principali come una bimbetta di quella del suo gattino cieco... Questo vale per te, vecchio tricheco, ma valeva anche per quello Stenton, e vale per tutti i domestici!

Ci servite i pasti, dunque potreste avvelenarci. Ci entrate in camera mentre dormiamo, e così potreste accoltellarci, o strangolarci. Tenete anche i conti di casa, e dunque potreste derubarci!» esclamò Tim, che si era alzato in piedi fino a raggiungere lo scrittoio della sala. «E in tutto questo potreste farla franca, data la conoscenza che avete degli ambienti, degli oggetti e delle abitudini dei vostri principali! Non ne convieni?» domandò, aprendo un cassetto.

«Ne convengo…» bofonchiò Wilfrid, sardonico. «Mi sta forse consigliando di ammazzarla, signorino?»

«Oh, no…» replicò Tim. Poi afferrò il taccuino degli appunti e richiuse il cassetto. «Erano solo pensieri sui maggiordomi…» concluse, stringendosi nelle spalle.

«Pensieri sui maggiordomi…» ripeté Wilfrid, con l'accondiscendenza che si riserva ai pazzi. «Piuttosto, signorino, è sicuro di non voler formulare qualche pensiero anche sull'assassino dell'orologio? Stanotte è stato ritrovato un nuovo corpo, l'ottavo in un mese! Chissà, forse anche lui vuole piazzare un record!» concluse, ricordando la vorticosa caccia ai fantasmi del mattino precedente. Poi indicò la prima pagina del *Times*, su cui campeggiava la fotografia della vittima, un senzatetto a cui non era ancora stata data un'identità. Le modalità dell'omicidio erano sempre le stesse: l'uomo era stato accoltellato, poi gli era stato ficcato in bocca un orologio da taschino privo di lancette. Una firma inconfondibile, che non lasciava spazio a dubbi.

«Ancora con questa storia!» protestò Tim, rimettendosi sulla poltrona. «Te l'ho detto, non mi occupo di quel tipo di assassini! Sono così noiosi…»

«Non la capisco, signorino!» *Crunch!* «Il suo approccio alle indagini è assolutamente scientifico, e la sua mente brillante! Lei potrebbe rivelarsi utilissimo per risolvere un caso di omicidio!»

Tim non rispose, poi sfogliò il taccuino fino a fermarsi su una delle pagine centrali. Infine disse: «Joseph Stewart, medico di Gilda Pemberton, Marple Street…».

«Scommetto che stiamo per andare a fargli visita…» disse Wilfrid, cominciando a sparecchiare.

«Proprio così, Dorothy!» rispose Tim, poi si passò l'indice sulla cicatrice, che era di nuovo al suo posto. «Ho fatto un sogno, sai? Succedevano cose assurde!» aggiunse, afferrando il bastone mentre si dirigeva all'ingresso.

«Più assurde di quelle che le accadono da sveglio?»

«Credo di sì, anche se purtroppo ricordo pochissimo… I sogni ci danno preziosi suggerimenti, è un peccato che siano tanto volatili!»

«Che ne dice se faccio chiamare una vettura?» domandò Wilfrid, sperando ardentemente in una risposta affermativa. «Lo studio di Stewart si trova a dieci isolati da qui!»

«Soltanto?» urlò Tim, che era già uscito di casa e ora zompava sulle scalette che portavano al marciapiede.

«Oh, santo cielo…» sospirò Wilfrid, realizzando di essere condannato: si appoggiò quindi il cilindro sulla testa e si tirò dietro l'uscio, che si richiuse alle sue spalle con un colpo secco. *Clunck!* Neanche un minuto più tardi, *Ciaff! Ciaff!*, le pozzanghere di Oxford Street rispondevano alla marcia degli stivaletti di Tim Specter.

In cielo si era affacciato il sole, mentre sui marciapiedi passeggiavano i rappresentanti delle più disparate classi sociali: banchieri, operai specializzati, accademici, religiosi, suffragette, contadini, esponenti della Camera dei Lord. Un formicaio di tweed, cravattini e giacche su misura.

«Se da tutti i cilindri di Londra spuntasse un coniglio, stasera potremmo servire arrosto da qui alla Grande Muraglia!» commentò Specter, osservando l'andirivieni.

Tim e Wilfrid passarono a fianco di un vicolo buio, notando al suo interno un gruppo di poliziotti intento a raccogliere indizi intorno a una macchia di sangue rappreso. Wilfrid interruppe la marcia e si mise a osservare la scena con occhi esterrefatti.

«Signorino, questo è il luogo del nuovo delitto del maniaco! Neanche a mezzo miglio da casa nostra! È un segno del destino!» esclamò.

«Il destino non esiste!» sentenziò Tim, che invece non si era fermato.

«Strano che la pioggia di stanotte non abbia dilavato il sangue...» commentò il maggiordomo, continuando a osservare la scena nel vicolo.

«Niente affatto!» esclamò Tim, ormai lontano. «Il destino non esiste, ma le tettoie sì!» aggiunse, indicando con il putto di bronzo un terrazzo in mattoncini rossi situato pochi metri sopra la macchia di sangue. «Da che mondo è mondo, i vicoli al coperto non si bagnano, vecchio tricheco!»

Wilfrid puntò il naso verso l'alto, a osservare la tettoia indicata dal suo principale. «Lo vede, signorino? Lei è formidabile!» disse.

«Non farmi dei complimenti per evitare di darti dell'imbecille, Wilfrid! Anche un bambino avrebbe notato la tettoia!» ribatté Tim Specter.

«Occupiamoci del caso, la scongiuro!» insistette il maggiordomo, riprendendo l'inseguimento.

Ma il cacciatore di fantasmi era già troppo lontano per sentirlo e, anche qualora lo avesse sentito, probabilmente non lo avrebbe ascoltato.

Quando giunsero in Marple Street, Tim e Wilfrid non tardarono a riconoscere l'edificio descritto dalla signora Fitzpick: infatti, una delle palazzine del caseggiato risultava completamente coperta di piante rampicanti, così fitte e selvagge che le finestre del secondo piano parevano gli occhi allampanati di un gigantesco volto barbuto.

«Mai visto niente di simile...» commentò Wilfrid. «Questa sì che è una casa infestata!» concluse, inarcando il sopracciglio.

Tim percorse le scalette che conducevano all'ingresso, trovando la porta socchiusa. Senza farsi scrupoli, la sospinse in avanti ed entrò.

Wilfrid continuò invece a osservare la facciata dell'edificio, che gli aveva riportato alla mente la serra degli Specter, situata nelle lontane Highlands. Provò a immaginare in che condizioni versasse il castello di famiglia: si figurò un rudere immerso nella nebbia, poi una serra con tutti i vetri rotti, piena di piante morte e tane di animali selvatici. Per un momento la visione lo intristì, poi si rimise il cappello ed entrò nell'edificio.

L'entrata dello studio di Stewart era una porticina rossa alta un metro e mezzo, situata nel sottoscala.

«Che ubicazione curiosa...» commentò Wilfrid.

«Cosa ci vuoi fare? Gli inglesi sono eccentrici... Li detesto, gli eccentrici!» sentenziò Specter, che era l'uomo più eccentrico di Londra. Poi bussò più volte, ma nessuno venne ad aprire.

«Eccentrici...» riprese. «... E fannulloni!» aggiunse indispettito.

A quel punto, un rumore proveniente dall'ingresso attirò la sua attenzione. Tim si voltò, accorgendosi di un uomo che li spiava dai piedi delle scale. Indossava un tweed a fiori e una camicia bianca, sormontata da un farfallino nero allacciato storto. Era piuttosto giovane, ma l'espressione era afflitta e il colorito pallido. Sembrava ammalato.

«Se cerca il dottor Stewart, non lo troverà...» mormorò, con un filo di voce. «Ogni giorno, alle dieci in punto, lascia lo studio per andare a farsi un bicchierino! E anche più di uno, a giudicare da come barcolla al ritorno!»

«E lei come lo sa?» domandò Tim, avvicinandosi al nuovo arrivato.

«Vengo qui tutti i giorni...» replicò l'uomo, con occhi tristi. «Tutti i giorni da due anni... Ma non riesco mai ad avere udienza, povero me!»

«Posso sapere il suo nome?»

Wilfrid, per un attimo, credette che il suo principale stesse parlando da solo, ma presto si arrese all'evidenza: nel sottoscala c'era un fantasma. Un brivido gli percorse la schiena.

«Non mi ci abituerò mai...» commentò, tra sé e sé.

«Mi chiamo Robin Tippert...» disse lo spettro, in tono dimesso. «Sono morto a soli trentadue anni, senza sapere il perché. Il mattino stavo bene, e la sera ero ridotto così...» aggiunse, indicandosi i vestiti sgualciti. Poi continuò: «Questa cosa non mi dà pace! Perché sono morto? Mi basterebbe sapere questo! Stewart era il mio medico, e forse potrebbe darmi una risposta! Purtroppo, non può vedermi...»

«Mi rincresce, Robin...» rispose Tim. «Facciamo un patto: se mi dici in che pub si trova, ti prometto che presto tornerò per aiutarti!»

«Sul serio?» domandò Tippert, sul cui volto si era accesa una luce di speranza.

«Parola di Timotheus Specter!» esclamò Tim.

Il fantasma trasalì, rendendosi conto di essere al cospetto di una celebrità. A conti fatti, capitava più spesso che i fantasmi si sorprendessero di incontrare Tim che non il contrario.

«Lo troverà all'*Ancient Mariner,* professor Specter!» esclamò Tippert, con entusiasmo. «Dista un paio di isolati da qui... Lo conosce?»

«Come le mie tasche, Robin!» controbatté Tim, poi si rivolse a Wilfrid: «Di quante bottiglie siamo indietro, al *Mariner*?».

Il maggiordomo non disse niente, limitandosi a sollevare quattro dita.

«E hai con te dei soldi?» chiese Tim, frugandosi le tasche. «Io ho soltanto una sterlina!»

«Sì, signorino...» sospirò il maggiordomo, seccato. Era tirchio, Wilfrid.

«Perfetto!» esclamò Tim, poi si girò di nuovo in direzione dello spettro, notando che Tippert si era voltato, e spiava la strada attraverso la porta aperta. «A volte mi manca, la vita...» mormorò.

«Per san Palladio, credo di aver già risolto il tuo problema, Robin!» disse Specter, indicando con il bastone il fantasma. «Hai un coltello conficcato proprio in mezzo alla schiena! Io non sono un medico come il dottor Stewart, tuttavia sono propenso a credere che quella lama sia la causa del tuo decesso! Qualcuno deve averti fatto secco, amico mio!»

«Un coltello nella schiena?» ripeté Tippert, festoso. «Ma è magnifico!»

«Lo penso anch'io!» commentò Tim, sorridendo.

«La ringrazio, signor Specter! Era tutto ciò che volevo sapere!»

«Non ti interessa conoscere il colpevole?» domandò Tim.

«Non molto! Non mi sono mai piaciuti i polizieschi!» concluse Tippert, poi, *Puf!*, si trasformò in una nuvoletta di fumo, che si fece sempre più piccola, e infine sparì.

«Chissà dove vanno a finire...» sospirò Tim, e per un breve momento pensò a Elizabeth. Poi si rivolse a Wilfrid: «Ho finito, vecchio mio!» disse, balzellando in direzione della strada. «Mentre te ne stavi con le mani in mano, ho aiutato un'anima afflitta a trovare la pace!»

«Ne sono contento, signorino...» commentò Wilfrid, sarcastico. «Tante anime pacificate, e mai una che scucia una sterlina!»

«Come sei venale, vecchio tricheco!» esclamò Tim. «Sai benissimo che i fantasmi non possono pagare! Certo, a meno che non dispongano di sterline fantasma: una volta, lo spettro di Brian il Truffatore provò a rifilarmene un sacco intero!» concluse, piroettando nel traffico di Marple Street.

«Sterline fantasma...» bofonchiò il maggiordomo. «Che sciocchezza!»

CAPITOLO 7

MALEDETTA MEMORIA

L'*Ancient Mariner* aveva appena aperto e, a quell'ora del mattino, il dottor Stewart era l'unico avventore. Si era seduto in uno dei tavoli di fondo, e scrutava un bicchierino di brandy con occhi tersi, perso in chissà quali pensieri: vedendolo, Tim pensò che un medico ubriaco, a conti fatti, è più pericoloso di un assassino sobrio.

A quell'epoca, la flotta navale inglese era ancora la più imponente dei sette mari: l'*Ancient Mariner* celebrava tale vanto con un arredo in stile marinaresco. Alle pareti del pub erano affissi modelli di galeoni, timoni, corde, divise, mappe, nonché fotografie di esploratori, pirati e graduati dell'esercito di Sua Maestà.

Il padrone del locale, Seamus, era un uomo corpulento, con le orecchie a sventola e la faccia da bulldog: notando l'ingresso di

Tim e Wilfrid, smise di pulire il bancone e mise su uno sguardo accigliato.

«Wilfrid, potresti pagare le bottiglie arretrate?» suggerì il cacciatore di spettri. «Per san Palladio, pare ci voglia azzannare!»

«Dubito che ne sia in grado, signorino... Seamus ha perso tutti i denti nella Guerra di Crimea!» rispose il maggiordomo, poi si fece avanti e consegnò i soldi all'oste.

«Fanno i gran signori, poi pretendono di ubriacarsi a scrocco...» grugnì l'oste, arraffando le monete. Poi sputò sul ripiano e riprese a strofinare. Wilfrid trasalì, ma rinunciò a controbattere: si mise invece a osservare le miniature delle navi, di cui era grande esperto. Giunto davanti a ogni modellino, copriva la targhetta con la mano e cercava di indovinare il nome dell'imbarcazione: poi controllava la soluzione, e se era giusta annuiva compiaciuto.

«Il dottor Joseph Stewart?» domandò Tim, rivolto all'uomo al tavolo.

«Purtroppo, sì...» rispose quello, poi si specchiò nel liquore, come per verificare di essere davvero se stesso.

«Purtroppo?» ribatté Tim, interdetto.

«Stewart è un vecchio rimbambito e, se io sono Stewart, allora significa che sono un vecchio rimbambito...» spiegò il dottore, poi scolò il brandy in un sorso.

Era anziano, con il volto affilato e l'espressione triste. Il colorito era pallido, i baffi ingialliti dal fumo. Indossava unicamente vestiti grigi o neri, dal cravattino agli stivaletti: la totale assenza di colore, sommata all'aria dimessa, lo facevano assomigliare a un cumulo di cenere spazzato in un angolo e poi dimenticato.

«La *Victory*, nave dell'ammiraglio Nelson nella battaglia di Trafalgar del 1805...» bisbigliò Wilfrid, dall'altro capo della sala. Poi scoprì la targhetta e annuì compiaciuto. Aveva indovinato.

«Lei, piuttosto... Chi è?» domandò Stewart. «Il suo volto non mi è nuovo...»

«Mi chiamo Specter...» rispose Tim, sedendosi.

«Ma certo! Tim Specter, il cacciatore di fantasmi! Ho visto una sua fotografia sul *Times*!» sbottò l'anziano. «A cosa devo l'onore della sua presenza? Le assicuro che, malgrado l'apparenza, sono ancora vivo!»

«Non sono alla ricerca di spettri, dottore, ma di informazioni!» puntualizzò Tim.

«Casca male! La mia memoria è un colabrodo!» sentenziò Stewart. «Le svelerò un segreto: non rammento il percorso clinico di uno solo dei miei pazienti...» sussurrò divertito. «Credo che un giorno finirò per ammazzarli tutti!»

«Quando accadrà, sarò io a occuparmi di loro!» rispose Tim, strizzando l'occhio. Poi si fece serio: «A quanto mi è stato riferito, lei è il medico della signora Gilda Pemberton da molti anni. Che mi sa dire di lei?».

«Che è più anziana di me, e anche più rimbambita!» rispose Stewart. «Detto con il dovuto rispetto, sia chiaro! D'altra parte, Gilda non si offenderebbe: era dotata di uno spiccato senso dell'umorismo, prima che la vecchiaia la trasformasse in un orologio a cucù!»

«Un orologio a cucù...» ripeté Tim, trovando l'accostamento bizzarro. «Faccia uno sforzo di memoria, dottore, e mi parli di

Harold Stenton, il maggiordomo della Pemberton. A quanto pare, si impiccò...»

Stewart trasalì. Non si aspettava che quel fosco episodio potesse riaffiorare in un mattino di sole di vent'anni più tardi. Prima di rispondere, fece cenno a Seamus di portare altro brandy.

«Maledetta memoria! Cancella i ricordi lieti, e risparmia quelli spiacevoli!» sentenziò Stewart, tetro. «Rammento perfettamente l'episodio: il maggiordomo si appese per il collo con le sue bretelle...»

«Questo lo so già...» disse Tim.

Seamus poggiò la bottiglia sul tavolo. *Toc!*

«La *Royal Sovereign*, dell'ammiraglio Collingwood, 1786!» esclamò Wilfrid, da lontano. Poi controllò, infine annuì.

«Quando giunsi alla villa era mattina...» ricordò Stewart, mentre Tim gli versava da bere. «Trovai Stenton ancora attaccato all'albero, visto che Gilda mi aveva fatto prelevare da un vetturino ancor prima di chiamare la polizia. Il gatto saltellava ai suoi piedi, cercando di afferrargli i lacci delle scarpe, mentre il corpo, sospinto dal vento, oscillava a destra e a sinistra come un'altalena...»

Stewart afferrò il bicchierino, e continuò: «Gilda mi aveva aperto la porta, poi era salita al primo piano, e mi spiava dalla finestra. Il suo sguardo non era triste, e neanche spaventato. Era vuoto...».

Il dottore sbatté il bicchierino sul tavolo. *Toc!*

Vuoto.

«All'epoca, si recava spesso alla villa...» continuò Tim. «La Pemberton e Stenton erano in buoni rapporti?»

«Altroché! Quei due non avevano nessun altro al mondo...» rispose Stewart, e questa volta si riempì il bicchierino da solo.

«La *Golden Hind*!» mormorò Wilfrid. «Capitanata nientemeno che dal grande Sir Francis Drake, e salpata alla volta del Sud America nel 1575!»

Il maggiordomo scoprì la targhetta. «Dannazione, era il 1577!» esclamò, deluso. Poi si diresse al tavolo a testa bassa, mentre estraeva dalla giacca il taccuino degli appunti e la matita. «Maledetta memoria!» aggiunse, citando così Stewart.

Nel frattempo, lo sguardo del medico si era fatto sospettoso, come se si fosse reso conto solo in quel momento che Tim lo stava interrogando.

«Perché fa tutte queste domande, Specter?» domandò, ostile.

«Il fantasma di Harold Stenton sta apparendo a villa Pemberton!» spiegò Tim, sintetico. «Ed è mio preciso compito liberarlo dal problema che lo tiene legato al nostro mondo!»

«Fantasmi...» mormorò Stewart, e la parola risuonò nella sala in modo sinistro. «Un tempo le avrei riso in faccia, ma ora... Non l'ho confidato a nessuno, ma ho come l'impressione che il mio studio sia infestato da una presenza. E non mi riferisco a quelle dannate rampicanti, ma alla figura di un uomo... Un uomo che mi spia dal sottoscala! A volte, con la coda dell'occhio, mi sembra di vederlo...» Il dottore si indicò una pupilla. «Ma quando mi volto per guardare... Non c'è più!» aggiunse, poi stese il terzo bicchierino. *Toc!*

«Secondo lei, perché Stenton si tolse la vita?» domandò Tim, ignorando la digressione del medico.

«Ci sono solo ipotesi in proposito...» mormorò Stewart. «Ne ho una anch'io, ma non vale più delle altre... In quel periodo,

Gilda era gravemente ammalata: febbri inspiegabili, che l'avevano ridotta a uno straccio. Io stesso ero convinto che non ce l'avrebbe fatta. Secondo la mia teoria, Stenton era innamorato della Pemberton, e credendola vicina alla fine si tolse la vita per la disperazione!»

«Pare un'idea da romanzetto...» osservò Tim, per niente convinto.

«Lo so...» sospirò il medico, con occhi vuoti. «Ma non sta a me afferrare il segreto di un suicida. Io mi occupo dei vivi, non ho dimestichezza con i morti!»

Nel frattempo, Wilfrid prendeva appunti, e facendolo scuoteva la testa, ancora scottato dall'errore su Francis Drake. «Maledetta memoria...» ripeté.

Specter cominciò a scuotere l'indice a destra e a sinistra, poi disse: «Il fantasma di Stenton continuava a compiere questo gesto, prima rivolto a Gilda, poi alla signora Madeleine Fitzpick... Le dice niente?».

«È un segno di negazione...» commentò Stewart. «Forse il maggiordomo vi sta suggerendo di farvi gli affari vostri, oppure...» aggiunse il medico, e lasciò la frase a metà.

«Oppure?» chiese Tim.

«Oppure?» ripeté Wilfrid, improvvisamente curioso.

Il voltò di Stewart si illuminò di una luce malvagia, e la bocca si piegò in un sorriso che riempì la sua faccia di rughe, rendendola simile a un letto sfatto.

«Oppure Stenton vuole rivelarvi che non è stato lui ad appendersi alla quercia...» disse. «... E che in realtà lo hanno ammazzato!»

Wilfrid trasalì, Tim si strinse nelle spalle.

«Può darsi...» disse il cacciatore di fantasmi. «È un'ipotesi che ho preso in considerazione... C'è per caso qualche dettaglio che le fa pensare a un omicidio, dottore?»

«In realtà, no...» mugugnò Stewart, appoggiandosi al tavolo. Il sorriso diabolico era scomparso di colpo, sostituito da un'espressione di sofferenza. «Povero me, credo di essere ubriaco, e quando sono ubriaco dico sciocchezze. Maledetta memoria, e maledetta vecchiaia! E ora ho anche iniziato a vedere i fantasmi...» sospirò il dottore, scuotendo il capo.

«Se la consola, la misteriosa figura umana di cui mi ha parlato c'era davvero!» esclamò Tim, scattando in piedi. «Si chiamava Robin Tippert, e infestava il suo sottoscala in cerca di aiuto! Non lo vedrà più, la sua anima è in pace!»

Il medico afferrò la bottiglia con movimento sbilenco, e la sollevò in alto in modo festoso.

«E allora brindiamo alla salvezza dell'anima di Robin Flipper!»

«Tippert...» puntualizzò Specter, infilandosi un guanto. *Flump!*

«Fa lo stesso...» biascicò Stewart, con voce ubriaca, poi si riempì il bicchierino. Tim glielo soffiò da sotto il naso e lo bevve al suo posto. *Toc!*

«Oggi per lei può bastare, dottore...» commentò, in una smorfia.

«Signorino! Ma... è mattina!» sbottò Wilfrid, osservando il bicchiere vuoto.

«Dimmi qualcosa che non so, vecchio tricheco...» replicò Tim.

Wilfrid si schiarì la voce. «Secondo le osservazioni dell'esploratore David Livingstone, le giraffe sono perfettamente in grado di dormire in piedi. Salvo in rari casi, in cui si accovacciano per schiacciare pisolini non più lunghi di cinque minuti! E non bevono di mattina, signorino!»

«Grazie, Wilfrid!» esclamò Tim. «Buona giornata, dottor Stewart!»

«A lei, cacciatore di fantasmi...» rispose il medico, sorridendo debolmente. «Chissà, magari la prossima volta salverà anche la mia, di anima!»

«Mi auguro che non ce ne sia bisogno!» commentò Tim, andando verso l'uscita. «Questa è per la bottiglia del dottore!» disse a Seamus, lanciandogli la sua ultima sterlina. L'oste la afferrò al volo, poi la azzannò con le gengive per verificare che non fosse falsa. Quando alzò di nuovo lo sguardo, Tim e Wilfrid non c'erano più, e il dottor Stewart si era addormentato.

Poco più tardi, il cacciatore di fantasmi e il maggiordomo si affacciarono sul mercato di Newtown Street, destando un certo clamore tra la folla.

«Ehi! Ma quello è Tim Specter!» esclamò l'ortolano, da dietro il bancone.

«Sì! È proprio lui!» fece eco il garzone.

«Barba, cilindro e bastone!» aggiunse lo strillone.

Tim continuò a camminare a testa bassa, ignorando i richiami. Essere riconosciuto per strada non rappresentava certo una novità: tuttavia, quella mattina nelle voci dei londinesi risuonava una nota di paura, di cui Tim conosceva l'origine.

«Ci aiuti, Specter!» disse l'orologiaio.

«Faccia qualcosa!» aggiunse il notaio.

«Quell'assassino ci terrorizza!» ululò il macellaio.

«La polizia non lo acciufferà!» esclamò il barbiere.

«Altra gente morirà...» mormorò il banchiere.

«Con un orologio in bocca!» assicurò il suo cocchiere.

«Lo vedi, Wilfrid?» domandò Tim, avanzando a testa alta sul marciapiede. «Gli inglesi non capiscono neanche la differenza tra un poliziotto e un esperto di fantasmi!»

Ci aiuti!

«Cerchi di capirli, signorino! Hanno paura!» osservò Wilfrid.

Solo lei può fermarlo!

«La paura, oggigiorno, è diventata un pretesto per giustificare ogni tipo di sciocchezza!» replicò Tim.

La scongiuriamo!

«Chiederle di occuparsi dell'assassino dell'orologio non è una sciocchezza! E comunque, dovrebbe essere lusingato: lei è più acclamato della regina Vittoria!» commentò Wilfrid, che osservava compiaciuto la folla che si era accalcata intorno al loro passaggio.

«Perché ho dato retta alla tua stupida idea di passare per il mercato di Newtown?» domandò Tim.

«Perché ai mercati vendono gli ombrelli, e il tempo sta volgendo al peggio!» rispose Wilfrid, indicando la massa di nubi nere che si era addensata in cielo durante la visita all'*Ancient Mariner*. «Non pretenderà che un giorno di sole, a Londra, duri davvero un giorno?»

«Pretenderei soltanto di essere lasciato in pace, con il sole e con la pioggia!» sospirò Tim, mentre una vecchietta cercava di infilargli un rosario intorno al collo.

«Avrebbe potuto insistere, con Stewart! La sua memoria era tutt'altro che un colabrodo!» disse Wilfrid, pagando l'ombrello. «Credo avesse ancora molto da rivelare, signorino!»

«Forse!» rispose Tim. «Ma le informazioni generano ragionamenti, e troppi ragionamenti generano confusione! Fidati, Stewart ci ha rivelato quanto basta!»

«Mi sta dicendo che ha risolto il caso, signorino?» *Crack!*, il cielo tuonò. *Plop!*, l'ombrello si aprì.

«Tutt'altro, vecchio mio!» esclamò Tim, entusiasta. «Non siamo mai stati così lontani dalla soluzione!»

Ploc! Ploc! Ploc!, le gocce cominciarono a maculare il selciato di Newtown Street, e così le lamentele per il tempo sostituirono gradualmente le richieste di aiuto.

Ci aiuti, Specter!

Maledetta pioggia!

L'assassino ci ucciderà!

Passatemi l'impermeabile!

Copri la merce!

Stramaledetta pioggia!

«Venga sotto l'ombrello, signorino!» esclamò Wilfrid, divincolandosi tra la folla per raggiungere Specter, che era già in fuga. «Siamo ancora lontani da casa!»

«Ma non da villa Pemberton, vecchio tricheco!» sbottò Tim, sorridente. «È lì che stiamo andando! Sono certo che stanotte incontrerò il fantasma di Harold Stenton!»

Quando i due sgusciarono fuori dal mercato di Newtown, il cielo si era definitivamente schiuso e sul marciapiede di Marple Street, *Ciaff! Ciaff!*, cominciavano a formarsi le prime pozzanghere.

Qualche ora dopo, le strade della città erano deserte. Tim sedeva nel salotto di villa Pemberton, davanti al camino. Si infilò una mano nell'interno della giacca, da cui trasse una piccola fotografia. Un ritratto di Elizabeth. Lo osservò per un po', ascoltando il sommesso scoppiettare del fuoco.

Dong!, il pendolo batté le otto e mezzo.

«Maledetta memoria...» sussurrò Tim Specter.

CAPITOLO 8

UNA PORTA CHIUSA

La signora Fitzpick lasciò la sala per prima. Aveva accolto Tim e Wilfrid con ogni riguardo, offrendo loro due vassoi di biscotti e una torta al lampone, il tutto innaffiato da un'abbondante dose di tè allo zenzero.

Dopo essere arrossita di fronte ai generosi complimenti del domestico, «Squisito! Prelibato! Meraviglioso! Crunch!», Madeleine si era prodigata in un estenuante monologo sul gioco del tennis, arricchito da note sul clima mite delle campagne di Ilford.

«Il prossimo fine settimana parteciperò a un torneo, in doppio con il maggiore Redgrave! Il maggiore Redgrave ha un dritto che sembra un cannone di Sua Maestà!» aveva detto Madeleine, con voce civettuola. Tuttavia, per quanto si sforzasse di apparire tranquilla, la paura affiorava di continuo sul suo volto: la notte era scesa, e ogni proposito di coraggio era stato inghiottito dalle tenebre.

«Penso che andrò a dormire...» sospirò infine la donna.

Dong! La pendola batté le nove, e neanche un minuto dopo Madeleine Fitzpick era sparita oltre le scale. Nella stanza rimanevano quattro persone: Tim, Wilfrid, Gideon Fitzpick e la signora Pemberton.

L'anziana si era addormentata. «Tilly!» aveva continuato a chiamare, nel sonno. Gilda avrebbe trascorso la notte sul divano, nello stesso punto in cui le era apparso per la prima volta lo spettro di Harold Stenton. Ricreare le condizioni dell'incontro ne avrebbe favorito il ritorno, e questo perché i fantasmi sono entità abitudinarie. «Soprattutto i fantasmi inglesi!» aveva specificato Tim.

Fu Wilfrid il secondo a lasciare il salotto. Dopo essersi rimpinzato di biscotti, aveva scoperto di condividere con Gideon Fitzpick la passione per il modellismo e le navi da guerra. I due avevano dissertato a lungo sull'argomento, e lo psichiatra aveva invitato il maggiordomo a recarsi insieme alla parata navale che si sarebbe tenuta il fine settimana seguente sul Tamigi, in occasione dell'anniversario dello sbarco della *Mayflower* nelle americhe. Il maggiordomo si era mostrato entusiasta, entrando così nelle grazie di Fitzpick.

Dong! Le dieci.

Wilfrid si pulì i baffi dalle briciole, salutò con un inchino e, *Gneek! Gneek!*, salì verso la stanza degli ospiti. Un'ora più tardi era ancora sveglio e, infilato sotto le coperte con un libro che gli tremava tra le mani, poté sentire la pendola del piano di sotto battere le undici. *Dong!*

Gideon Fitzpick lasciò la sala per terzo.

«Lei non va a dormire, Specter?» domandò, issandosi in piedi.

«Più tardi...» rispose Tim, pensieroso. Il fuoco nel camino si andava esaurendo, e la luce della stanza era ridotta a una fioca penombra. Tuttavia, il cacciatore di fantasmi non si sarebbe servito della luce elettrica: allontanava gli spettri, come una corona d'aglio allontana i vampiri.

«Ho capito...» riprese Fitzpick. «Vuole restare con mia zia ad aspettare la mezzanotte! L'ora dei fantasmi... Che corbelleria! Ah! Ah!» Lo psichiatra rise, mostrando i denti ingialliti dal fumo. «E dopo, cosa farà? Offrirà al suo spettro una fetta di torta?»

«I fantasmi non mangiano... E comunque, non ho un piano preciso. Non ce l'ho quasi mai, al primo contatto...» rispose Tim, poi sorrise. «Diciamo che stanotte lo voglio conoscere!»

«Ah! Ah! Lo vuole conoscere!» ghignò Fitzpick. «E magari scenderete al pub a bere qualcosa!»

«I fantasmi non bevono...»

«Loro no, ma lei sì!» grugnì Fitzpick, ostile. «Tutti in città sanno che lei è un ubriacone!»

«Sono scozzese, e in quanto scozzese reggo bene gli alcolici... Quello che non sopporto sono gli imbecilli!» sentenziò Tim Specter, fulminando lo psichiatra con lo sguardo. «Tornando invece alla sua domanda, gli spettri appaiono a tutte le ore del giorno: pertanto, tecnicamente, l'ora dei fantasmi non esiste!»

«Non esistono i FANTASMI!» ruggì Fitzpick.

«Come vuole...» minimizzò Tim, per poi domandare: «Perché a villa Pemberton non ci sono domestici?».

«In Europa abbiamo imparato a cavarcela da soli... E comunque, non ci piace avere sconosciuti in giro per casa...» rispose Fitzpick, in un'evidente allusione alla presenza di Tim e Wilfrid. «Lei sta cercando di raggirarci facendo leva sull'ingenuità di mia moglie, e sono certo che la sua testolina sta già escogitando decine di piani per spillarci dei quattrini! Intanto, per sicurezza, ho chiuso a chiave il mobile dell'argenteria!»

«Ormai che c'è, chiuda a chiave anche la bocca!» replicò Tim, risoluto.

Fitzpick si fece rosso per la rabbia, poi si incastrò la pipa tra i denti e diede tre stantuffate cariche di livore. *Puff! Puff! Puff!* Infine, senza aggiungere altro, si avviò al piano di sopra. I suoi passi si fecero via via più distanti, e infine sparirono del tutto.

«Tilly...» mormorò la Pemberton, che si era svegliata.

«Già... Tilly...» ripeté Tim, tra sé e sé. «Tra tutti i ricordi, l'unico a salvarsi dallo scempio della vecchiaia è un gatto... Forse è proprio vero che quelle bestiacce hanno sette vite! Posso dare un'occhiata in giro, Gilda?» domandò poi, cordiale.

«Tilly...» gracchiò la vecchia.

«Lo prenderò per un sì...» concluse Specter, e l'ispezione ebbe inizio.

Dong! Mezzanotte.

Armato di un candelabro, Tim passò in rassegna tutte le stanze del piano terra: la biblioteca, la sala da pranzo, lo studio di Fitzpick e la cucina. Trovò gli ambienti immersi nel buio: le sagome dei mobili sembravano gli ingressi di antri senza fondo, e quelle delle piante i tentacoli di una piovra. I piatti alle pareti della cucina erano gli occhi di mostri sconosciuti, e lo sconfinato tavolo da pranzo un mastodonte marino. Tuttavia, nessuna traccia del fantasma di Stenton.

Tim si affacciò alla finestra che dava sul cortile. Il giardino era attraversato da un sentiero lastricato, che lo divideva in due parti uguali: su quella di sinistra si ergeva l'enorme quercia a cui si era appeso il maggiordomo di Gilda Pemberton.

Il muro di cinta, alto un paio di metri e fatto di mattoncini rossi, era coperto da una fitta ragnatela di piante rampicanti, simile a quella che infestava la facciata dello studio del dottor Stewart. A conti fatti, si trattava di un normalissimo cortile vittoriano: era il suo passato a renderlo tanto inquietante.

Il cacciatore di fantasmi alzò lo sguardo verso le finestre del primo piano: la luce elettrica delle stanze da letto era ancora accesa, segno che nessuno riusciva a prendere sonno. «Tempo da lupi...» avrebbe commentato Wilfrid. «Notte da fantasmi...» avrebbe aggiunto poi.

«Mirakola...» sussurrò Tim. *Lupi, notte, fantasmi*. Le tre parole, unite tra loro, avevano fatto affiorare nella mente di Specter il volto dell'assassino. Non passava notte in cui Specter non pensasse al suo nemico giurato: purtroppo, l'immagine di Elizabeth e quella di Mirakola erano legate a filo stretto. Inseparabili, come le due facce della luna, una luminosa, e l'altra oscura.

Quando raggiunse di nuovo la sala, Tim si accorse che Gilda Pemberton si era alzata dal divano. E non solo: stava camminando, sorreggendosi rigidamente sul bastone. *Toc! Toc!*, un passo alla volta, in direzione del fondo della stanza. L'anziana si fermò di fronte a una tenda, che poi scostò con il bastone, rivelando una porta nascosta. Tim trasalì, dandosi dello stupido per non essersene accorto da solo. Si sfiorò la cicatrice sulla fronte. Era sveglio.

«Gertrude, apri! Vorrei la mia torta!» strepitò la Pemberton, poi si mise a bussare ritmicamente con il bastone. *Toc! Toc!* «Gertrude! Non te la starai per caso mangiando?»

Gilda andò avanti così per un po', continuando a bussare e a reclamare la torta. Tim non aveva mai conosciuto un essere tanto rimbambito, fantasmi inclusi.

Il cacciatore di fantasmi raggiunse l'anziana, e prese ad analizzare la porta: era liscia e priva di orpelli, del tutto diversa dalle altre della casa. Ma perché era stata coperta da una tenda?

«Finalmente sei arrivata, Gertrude!» esclamò Gilda, rivolta a Tim. «Per un momento, ho temuto che volessi filartela nel continente con la mia torta!»

«Non lo farei mai, signora Pemberton!» rispose Specter. «Le torte inglesi devono restare sotto la bandiera!»

«Ben detto!» commentò la vecchia, strizzando l'occhio come un pirata. Poi chiese: «Gertrude cara, puoi spiegarmi come hai fatto a uscire dal negozio senza passare dalla porta?».

«Semplice...» spiegò Tim, distrattamente. «Passando dal camino!» aggiunse, indicando le braci.

«Oh, giusto!» mormorò Gilda. «Che sciocca, sono!» Poi il suo sguardo si fece di nuovo ostile. «Ora posso sapere dov'è la mia torta?»

«Eccola...» disse Tim, e passò alla Pemberton il candelabro.

«È strana...» commentò l'anziana, sorreggendo l'oggetto a fatica. «Sembra di ferro!»

«Ma vedrà che il sapore è buonissimo, signora!» commentò Tim. Poi abbassò la maniglia della porta. *Tlack!*, chiusa.

«Beh, almeno hai messo le candeline...» convenne Gilda, sollevata, indicando i ceri accesi. «La nonna sarà contenta!»

Tlack!, proprio chiusa.

«Accidenti! Ci mancava solo un altro mistero...» sospirò Tim, seccato.

«Sono proprio una bimbetta fortunata!» squittì la Pemberton, avviandosi verso la poltrona. A metà del percorso, il candelabro le cadde di mano, rovinando sul tappeto del salotto, *Clang!* Le fiammelle si spensero, le candele si ruppero, la cera si sparse

dappertutto. La Pemberton sgranò gli occhi, poi si strinse nelle spalle e, *Toc! Toc!*, riprese ad avanzare con noncuranza.

«Una porta chiusa...» sospirò Tim, ignorando l'incidente.

Dong! La pendola batté l'una.

Gideon Fitzpick, scherzando, avrebbe detto che l'ora dei fantasmi era passata. Ma si sarebbe sbagliato, perché presto dalle tenebre sarebbe affiorato il fantasma di Harold Stenton.

CAPITOLO 9

PERCHÉ, HAROLD?

Tutto accadde in pochi minuti.

La Pemberton si era di nuovo stecchita sul divano, mentre Tim tentava di violare la serratura della porta misteriosa con un cucchiaino ancora sporco di torta. *Scrick! Scrock!*, niente da fare.

«Una serratura speciale...» commentò, tra sé e sé.

D'un tratto, un lampo rischiarò la stanza, poi un tuono la fece vibrare come una campana colpita dal batacchio. Il fuoco si spense di colpo, spazzato da una violenta folata di vento. Ma tutte le finestre erano chiuse. «Ci siamo... È il momento...» mormorò Tim, lasciando perdere la serratura e tirando la tenda per coprire la porta: Fitzpick non doveva sapere che l'aveva scoperta. Specter avvertì l'aria farsi gelida: era il freddo dei fantasmi, diverso da quello comune. Arrivava fin nelle ossa, faceva male.

«Harold!» chiamò la Pemberton, accendendosi all'improvviso. Tim lasciò cadere il cucchiaino, *Tlin!*, poi si voltò per guardare. Buio. «Harold!» ripeté la vecchia, con crescente intensità.

Toc!, un passo dall'ingresso.

«Harold!» strepitò l'anziana.

Toc! Sul corridoio si stagliò una sagoma, al cui interno brillavano due cerchi gialli. Erano occhi.

«Fatti avanti...» sussurrò Tim, alzandosi.

Toc! Toc! Toc!

«HAROLD!» urlò la Pemberton.

Un nuovo lampo rischiarò la stanza e, *Toc!*, finalmente Tim lo poté vedere: lo spettro di Stenton, in piedi sulla soglia del salotto. Era altissimo, certo più di quanto fosse stato in vita. Due metri, forse di più. Il petto era tanto ampio che pareva avesse ingoiato una gabbia per uccelli e sul collo, lungo e secco, si potevano notare i segni lasciati dalle bretelle con cui si era impiccato, rossi e pulsanti. Gli occhi brillavano, ma era evidente come lo spettro fosse pressoché cieco: avanzava a tentoni, fiutando l'aria come una talpa in trappola. Il completo del fantasma era sporco di terra, mentre sui guanti...

«... Sangue...» sussurrò Tim, facendosi avanti.

Nell'aria si diffuse un odore acre, simile a quello dell'aceto, ma ancor più pungente. Veniva da Stenton, era la sua puzza.

«HAROOOLD!» urlò la vecchia, che pareva posseduta. Lo spettro si fermò davanti alla poltrona, poi sollevò l'indice di fronte agli occhi di Gilda. Il dito cominciò a oscillare, lentamente. Prima a sinistra, poi a destra.

L'anziana si zittì, ipnotizzata dal movimento. Un nuovo lampo, un nuovo tuono.

Fu a quel punto che Tim si parò davanti al fantasma, si sfiorò la cicatrice e disse: «Harold Stenton, perché sei tornato dal mondo dei morti?».

Il fantasma smise di scuotere il dito, poi si voltò di scatto verso Tim, e il corpo era teso come quello di un serpente prima di attaccare.

«Perché, Harold?» ripeté Tim, deciso.

Il maggiordomo riprese a scuotere il dito, questa volta verso il cacciatore di fantasmi, poi con l'altra mano si indicò la ferità sul collo, e cacciò un sibilo strozzato.

«Non puoi parlare, vero?» mormorò Tim.

Lo spettro avanzò ancora. *Toc! Toc!* Passi pesanti, minacciosi, tutt'altro che incorporei. Stenton era furioso, e la luce nei suoi occhi stava virando dal giallo al rosso. La reazione degli spiriti alla presenza di Tim era sempre imprevedibile: raramente lo attaccavano, ma quando accadeva la loro rabbia era terrificante.

«Non mi spaventi, Stenton!» esclamò Tim, arretrando di un passo per evitare di finire nel raggio delle lunghe braccia del fantasma: infatti, poteva accadere che uno spettro dalla particolare forza fantasmatica fosse in grado di toccare oggetti e persone, e perfino di uccidere. *Toc!*, Harold mosse un altro passo, Tim arretrò ancora. L'odore si era fatto più pungente, e così il freddo, ormai insopportabile. Avanzando, il maggiordomo cresceva di statura: ora era alto tre metri, e incombeva su Tim come un'ombra. Gli occhi si erano fatti rosso fuoco, e parevano finestre affacciate sull'inferno.

«Aiutami a capire, spettro!» urlò Tim. «So di avere la risposta davanti, ma non riesco a vederla!»

Sul volto di Stenton si accese un sorriso spaventoso, che rivelò una bocca buia come un pozzo. Poi il fantasma si infilò una mano nel taschino interno della giacca e, *Toc!*, mosse un altro passo in avanti. La mano prese a riemergere dal risvolto dell'abito, lentamente. Stenton aveva afferrato qualcosa. *Toc!*, lo spettro avanzò. *Toc!*, Specter arretrò. *Crack!*, il cielo tuonò. Il tempo si fermò. Poi una voce giunse dall'ingresso della stanza, a spezzare l'incanto di quella scena sospesa. «Signorino!» chiamò la voce. «Perché cammina all'indietro?»

«Non ora, Wilfrid!» esclamò Tim, tenendo lo sguardo sulla mano del fantasma che affiorava dall'abito. «Levati di torn...»

Il cacciatore di fantasmi non riuscì a terminare la frase: inciampò nel candelabro e cadde rovinosamente sul tappeto.

Clic!, la luce elettrica si accese, colorando di giallo la stanza. Quando Specter alzò la testa, lo spettro era scomparso. Al suo posto c'era Wilfrid, che lo osservava con occhi allampanati.

«Tutto bene, signorino?»

«Perché hai accesso la luce?» esclamò Tim, tenendosi la schiena indolenzita. «Lo hai fatto scappare!»

«Veramente, non sono stato io!» rispose il maggiordomo, indicando l'ingresso.

«Oh, santo cielo!» mormorò Madeleine, mezza svenuta, la mano appoggiata sull'interruttore. «Oh, santo cielo!» ripeté.

«Mi ha rovinato il tappeto, Specter!» ululò Fitzpick, entrando a larghe falcate. «Mi deve quindici sterline, e altre dieci per il candelabro!»

La luce aveva riportato le cose alla normalità. Il fantasma di Stenton sembrava già un lontano ricordo, e nella sala si era alzato un gran vociare.

«L'ho visto!» esclamò Madeleine. «Era alto… Sette metri!» aggiunse, isterica.

«Sette metri?» ripeté Wilfrid, impressionato.

«Venticinque sterline, Specter!» grugnì lo psichiatra.

Tim non rispose, ancora concentrato sull'oggetto intravisto nella mano di Stenton. Pareva circolare… Forse un palla, forse un medaglione. «O forse non lo so…» concluse, amaro. Non c'era stato il tempo di vedere bene.

«E ora mi dirà che a rovinare il tappeto è stato il suo spettro!» insisté Fitzpick, passando davanti alla tenda senza accorgersi che risultava leggermente scostata. «Per quanto mi riguarda, i danni dei fantasmi sono a suo carico!» puntualizzò poi.

Wilfrid si rese conto che lo psichiatra faceva sul serio riguardo alle venticinque sterline, e così si piegò sulla pozza di cera e cercò di staccarla dal tappetto con il cucchiaino lasciato cadere da Tim. «Ci vorrebbe dell'acqua calda…» mugugnò, armeggiando con la posata.

«Santo cielo… Sette metri!» ripeté Madeleine.

«… E anche un panno…» bisbigliò Wilfrid.

«Venticinque sterline, non una di meno! E ho anche l'impressione che il livello della bottiglia di sherry sia calato… Ha bevuto, Specter?»

«Tilly!»

«Basta!» urlò Tim, e per un momento calò il silenzio. «Andiamo a dormire, signori… Per questa notte lo spettacolo è finito! Il fantasma non tornerà…»

«Tzè! Come se ci fosse mai stato!» grugnì Fitzpick, poi rizzò la schiena e rabbrividì. «Da dove viene questo freddo? Non avrà per caso aperto le finestre?»

Ma Tim non lo ascoltava più, era uscito dalla stanza e saliva le scale a testa bassa, perso nei suoi ragionamenti.

Quella notte non chiuse occhio. Rifletté a lungo sulla stanza misteriosa: l'istinto gli diceva che lì dentro Fitzpick nascondeva un segreto collegato all'apparizione di Stenton. Ma quale? Dopotutto, ai tempi del suicidio, Gideon si trovava in Europa. Ma le cose stavano davvero così?

Tim ripensò all'indice dello spettro, chiedendosi ancora una volta quale fosse il significato delle sue oscillazioni. Forse il dottor Stewart aveva ragione, Stenton voleva negare di essersi ucciso, e qualcuno lo aveva appeso alla quercia. Ma chi? Forse Gilda Pemberton? Tim scosse la testa, poi nella sua mente affiorò di nuovo l'oggetto misterioso intravisto nella mano del fantasma, e infine i suoi occhi, rossi come il sangue. Quegli occhi nascondevano un segreto.

Wilfrid rientrò nella stanza degli ospiti alle due in punto: era stanco morto, ma sollevato per essere riuscito a estirpare la cera dal tappeto del salotto. Il maggiordomo si rimise a letto, e pochi minuti dopo russava come un trombone rotto.

Tim restò alla finestra, a osservare l'enorme quercia del giardino. Il vento ne faceva oscillare i rami in tutte le direzioni, come le braccia di un mostro irrequieto.

«Perché, Harold?» domandò Tim Specter, rivolto alla notte.

Per adesso, nessuna risposta.

CAPITOLO 10

UOVA CON SORPRESA

«Razza di screanzati!» grugnì Wilfrid, scansando le pozze del marciapiede. «Non ci hanno neanche offerto la colazione!»

«Meglio così, vecchio tricheco!» rispose Tim, che invece avanzava con noncuranza. *Ciaff!* «Stamattina Fitzpick ci avrebbe servito tè all'arsenico! Quel tizio ci odia!»

«Lei è impreciso, signorino...» puntualizzò il maggiordomo. «Fitzpick odia *lei*!»

«Giusto!» sorrise Tim. «Dimenticavo che siete diventati buoni amici! Andrete insieme alla parata navale di sabato, giusto?»

«È possibile, signorino...» replicò Wilfrid.

«Fai in modo che sia certo!» esclamò Tim. «Madeleine passerà il fine settimana a Ilford, e io ho bisogno che la villa sia vuota. Devo aprire una porta!»

«Non crede che i Fitzpick chiameranno qualcuno per accudire la vecchia?»

«In tutta onestà, no!» rispose. «Ma se dovesse accadere, me ne preoccuperò a tempo debito!»

«Sbaglio o vuole introdursi illegalmente a villa Pemberton?» Tim annuì, strizzò l'occhio e fece roteare il putto di bronzo. «Lei è uno sciagurato, signorino!»

«E tu sei un Wilfrid, Wilfrid!»

Si era alzato un vento furioso, che costringeva i due ad avanzare reggendosi il cilindro. L'anno prima, sulla città, si era abbattuto un maestrale poderoso, tanto violento che il giorno dopo gli spazzini avevano rinvenuto per le strade la bellezza di ottocentotrentacinque cappelli smarriti. Tim aveva letto la notizia sul *Times*, senza rimanerne affatto impressionato. Avrebbe scommesso che fossero di più.

«Voleremo in Cornovaglia, se non ci mettiamo al riparo!» sbottò Wilfrid, con le basette che gli sventolavano sul volto come le code di due gatti.

Toc!, Tim sbatté i tacchi e si fermò di colpo. Qualcosa aveva attirato la sua attenzione. «Ti accontento doppiamente!» annunciò, poi puntò il bastone verso una vetrina. «Sosta con colazione!»

Wilfrid alzò lo sguardo, poi strabuzzò gli occhi, infine sorrise. Una pasticceria. Sull'insegna azzurra campeggiava un'elegante scritta in corsivo: *Gertrude's confectionary*.

«Lei mi sorprende, signorino! Non è da Tim Specter perdere tempo in cose di poco conto come il nutrimento...»

«Proprio così! Infatti, non mangerò alcunché!» esclamò il

cacciatore di fantasmi. «Devo rivolgere alla padrona alcune domande a proposito del caso Stenton!»

«E cosa dovrebbe c'entrare una pasticciera?»

«Non preoccuparti, e concentrati sulla colazione!» esclamò Tim. «Hai bisogno di nutrirti, vecchio tricheco: lamentarsi è un'attività estenuante!» aggiunse, varcando la soglia del negozio.

«Bah...» sbuffò il maggiordomo, entrando a sua volta. «Tim Specter e le indagini in pasticceria... Dove andremo a finire, dico io?»

L'interno del locale era un confetto vittoriano ornato di piante e tende. Donne civettuole e uomini annoiati, seduti compostamente intorno ai tavoli, consumavano con voracità le delizie del *Gertrude's. Crunch! Crunch! Crunch!*, scrocchiavano i biscotti al burro sotto le dentiere della borghesia inglese.

All'interno dell'espositore dei dolci spiccavano decine di vassoi ricolmi di biscotti, ciambelle, dolci al cucchiaio, croccanti al caramello, frutta candita e uova di cioccolato con sorpresa. Tutto fresco di giornata, e tutto preparato dalle sapienti mani dei cuochi del *Gertrude's*.

«Che cosa sono le uova di cioccolato con sorpresa, signorino?» domandò Wilfrid, fermandosi davanti alla vetrina.

«I derivati delle galline di cioccolato con sorpresa, naturalmente!» rispose Tim, allegro, tirando dritto verso il fondo della sala.

In quegli anni, le uova di cioccolato con sorpresa erano tanto di moda che il loro consumo si era esteso a tutte le stagioni, e non solo alle festività pasquali. L'invenzione era stata attribuita alla rinomata pasticceria *Cadbury*, che nel 1875 aveva avuto l'intuizione di inserire un regalo all'interno del dolce. L'assegnazione aveva mandato su tutte le furie Gertrude Bowers, la padrona del *Gertrude's*, che sosteneva di aver avuto l'idea almeno due anni prima del signor Cadbury, e di essere vittima di un vergognoso sopruso. La vicenda era sfociata in un lungo processo, il cui verdetto era stato sfavorevole alla Bowers. Malgrado la sconfitta, la donna aveva continuato a lottare per avere giustizia fino alla fine dei suoi giorni.

«E anche dopo! Quel porcello di Cadbury non l'avrà vinta!» grugnì Gertrude, riaggiustandosi un occhio nell'orbita. *Scrotch!* «Turberò i suoi sonni finché non ammetterà pubblicamente di avermi turlupinato!» concluse, battendosi un pugno sul palmo.

Tim si era accorto subito della presenza dello spettro. Si aggirava tra le cucine e la sala, controllando che cuochi e inservienti svolgessero un buon lavoro. Lo sguardo era tanto vispo che di tanto in tanto, *Flump!*, un occhio le scappava fuori dall'orbita, e Gertrude era costretta ad afferrarlo al volo.

«Finalmente qualcuno che può vedermi!» esclamò la pasticciera, rivolta a Specter.

«E che mirabile visione!» commentò Tim, in un inchino. *Scrotch!*, l'occhio si sistemò nella sua sede, restando però strabico.

«La smetta di adularmi! So bene di avere un aspetto orribile!» grugnì la Bowers, sfilando come un avvoltoio davanti all'espositore per verificare la sistemazione dei vassoi. Il trapasso non era stato gentile con lei: a parte l'inconveniente degli occhi, Gertrude non aveva nessun dente in bocca, e il naso risultava tanto storto da essere praticamente orizzontale, come una chiave girata nella toppa. Una donna corpulenta, con i capelli corvini e le gote arrossate.

«Davvero è una banale diatriba culinaria a trattenerla nel mondo dei vivi?» domandò Tim, perplesso.

«Non è banale, e non è neanche culinaria! È una questione di principio!» sentenziò Gertrude. «Comunque, c'è dell'altro: credo sia stato proprio Cadbury a farmi fuori! La sera in cui me ne andai ero stata a cena da lui! Mi aveva invitato per offrirmi dei soldi in cambio del silenzio: sapeva che avrei rifiutato, e quella era solo una scusa per avvelenarmi il pudding!»

«Non c'è che dire, un pudding con sorpresa!» replicò Tim.

Nel frattempo, Wilfrid aveva ordinato la colazione, per poi mettersi a un tavolo in attesa di essere servito. Osservava Tim gesticolare verso il nulla, ringraziando il cielo che gli altri avventori fossero troppo concentrati sui dolci per accorgersi della scena. *Crunch! Crunch! Crunch!*

«Stanotte ho sentito accostare il suo nome a quello di una torta…» riprese Tim. «A farlo è stata la signora Gilda Pemberton, che abita a mezzo isolato da qui. E stamattina, vedendo l'insegna della pasticceria, ho dedotto che si riferisse a lei! Mi sono sbagliato?»

«Perché me lo chiede, giovanotto? Vuole forse torchiarmi?» rispose Gilda, ostile.

«Forse… Ma se risponderà alle mie domande la aiuterò a ottenere la paternità delle uova con sorpresa! Affare fatto?»

«Perché dovrei fidarmi? I vivi dicono un sacco di bugie!» rispose lo spettro e, *Flump!*, l'occhio uscì di nuovo dall'orbita.

«Non sono un vivo come gli altri. Io sono Tim Specter!» esclamò il cacciatore di fantasmi, tronfio.

«Oh, santo cielo...» mugugnò Wilfrid, osservando la scena senza vedere il fantasma.

«E va bene!» grugnì la Bowers, poco convinta. «Ma non provi a turlupinarmi anche lei, o turberò i suoi sonni come faccio con quelli di Cadbury!»

«Non la turlupinerò, signora Bowers!» garantì Tim. «Ma ora mi dica: Gilda era una sua cliente?»

«Certo! Andava ghiotta di torta al limone... E anche di biscotti al rum...» sospirò la Bowers, grattandosi il naso orizzontale. «Cosa vuole sapere? Badi, io ho molti segreti, ma riguardano tutti creme e impasti! So pochissimo, dei miei clienti!»

«Dopo la morte del marito, la Pemberton ebbe altre relazioni?» chiese Tim.

«Di certo ne ebbe una con la torta al limone, e un'altra con i biscotti al rum!» sghignazzò la Bowers, guardandosi intorno alla ricerca dell'occhio. «Ma con altri uomini, non credo. Viveva come una reclusa, e non si fidava di nessuno. Però dovrebbe chiedere al suo notaio, il signor Applepine. La andava a trovare spesso...»

«Il signor Applepine?» ripeté Tim, e Wilfrid, da lontano, si segnò meccanicamente il nome sul taccuino. *Scrib! Scrib!*

«Arthur Applepine. Di certo è ancora vivo, visto che l'erba cattiva non muore mai! Abita a Stratford, fuori Londra... Laggiù le galline razzolano ancora per strada! Ah! Ah!» rise la Bowers, avvistando l'occhio su un vassoio portato da un cameriere.

«E di Harold Stenton, che mi dice?» domandò Tim, andando dietro a Gertrude, che ora zompava all'inseguimento. Sul vassoio, oltre all'occhio, c'erano una tazza di tè allo zenzero, una fetta di torta ai mirtilli e un ovetto di cioccolato grande quanto un orologio da taschino.

«Il maggiordomo impiccato?» disse lo spettro. «Prima di morire, veniva qui tutte le domeniche. Un tipo riservato. Sceglieva sempre lo stesso tavolo... Quello!» aggiunse, indicando il tavolo di Wilfrid. «E non cambiava mai ordinazione: un calice di vino rosso Château Mont-Redon. Io importo il vino dalla Francia, sa? Non servo aceto come quel porcello di Cadbury!»

«Ecco la sua colazione, signore!» esclamò il cameriere, poggiando il vassoio davanti a Wilfrid.

«Parlava pochissimo, quello Stenton...» andò avanti la Bowers, poi pescò dal piattino l'occhio senza che il maggiordomo si accorgesse di niente.

«Vuole assaggiare, signorino?» domandò Wilfrid, notando che Tim si era avvicinato al tavolo. *Scrotch!*, l'occhio si infilò nell'orbita, la Bowers parlò di nuovo: «Passava il tempo a scrivere sul suo diario, con la faccia da poeta triste! Il maggiordomo malinconico...» rise la Bowers. «Roba da romanzetti!»

«Un diario...» sospirò Tim. Nella casa non avevano trovato niente del genere. Anche se restava da controllare oltre la porta misteriosa.

«Quel biscotto al burro è troppo cotto!» ululò Gertrude, rivolta a un'inserviente. «Rovinerete il buon nome del locale, razza di incapaci!» grugnì, inascoltata.

«Grazie mille, signora Bowers!» disse Tim. «Io ho finito!»

«Di già?» si sorprese il fantasma. «Pensavo che il suo interrogatorio fosse appena all'antipasto…»

«… E invece era già al dessert!» replicò Tim, indicando la torta ai mirtilli. «Ho una teoria, sull'eccesso di domande… Gliela spiegherò quando ci rivedremo per la faccenda delle uova!»

«Ci conto, Specter!» disse la donna, e questa volta fu lei a strizzare l'occhio. *Scrotch!* «Un giorno tutti lo sapranno: le uova con sorpresa sono state inventate al *Gertrude's*!»

La Bowers sparì nelle cucine in un paio di balzi, poi Tim la udì lamentarsi della consistenza dello zabaione.

«Questa cosa di non sapere cosa c'è dentro mi fa impazzire!» disse Wilfrid, preparandosi ad aprire l'uovo di ciccolato.

«Non me ne parlare…» mugugnò Tim, pensando alla porta chiusa.

Crock!, l'uovo si aprì, e il maggiordomo rimase deluso: la sorpresa era una scatola di fiammiferi con sopra stampato il nome e l'indirizzo del *Gertrude's*. «Che regalo arido…» commentò, addentando il cioccolato fondente con sguardo afflitto.

Tim raccolse la scatola, poi se la infilò nella taschino interno della giacca. «Per non dimenticarmi di te, signora Bowers…» sussurrò, sorridendo.

Dieci minuti più tardi, in strada, Specter informò Wilfrid che presto si sarebbero divisi per portare avanti due indagini parallele. La notizia causò le vive lamentele del maggiordomo, che d'altronde avrebbe brontolato in ogni caso.

Swooosh!, ululò il vento, e in quel preciso momento, a Londra, dozzine di cilindri abbandonarono le teste dei loro proprietari, perdendosi per strade, parchi e vicoli. A fine giornata, i cappelli persi sarebbero stati duecentoventotto.

Ritenendolo affare di poco conto, il *Times* non avrebbe riportato la notizia.

CAPITOLO 11

CASSAFORTE

Le strade erano vuote. Infatti, il maestrale si era intensificato a tal punto da costringere i londinesi al riparo. Tim e Wilfrid si erano rintanati sotto l'arco di pietra davanti al *Black Owl Pub*, e osservavano sfilare per la strada gli oggetti più assurdi: corone di fiori, parrucche, cappelli, bottiglie vuote, bastoni, ancora cappelli, un guinzaglio, la ruota di una bicicletta, altri cappelli. E foglie, una quantità impossibile di foglie rosse. *Swoosh!*

«Che facciamo?» domandò Wilfrid. «Non vorrà riprendere a camminare in questo inferno?»

«Certò che no!» esclamò Tim. «Sarai soltanto tu a farlo!»

Il maggiordomo trasalì.

«Che crudeltà, signorino… Al suo confronto, la Santa Inquisizione è un ente di carità!»

«Io rimarrò al *Black Owl*...» mormorò Tim, ignorando la lamentela. «Devo parlare con una persona!»

«Può almeno spiegarmi cosa devo fare?» domandò Wilfrid.

«Andrai a villa Pemberton!» rispose Tim. «Devi ottenere dai Fitzpick il recapito del notaio Applepine! Attenzione, però: non chiederlo in modo diretto, inventa una scusa. È essenziale che lo psichiatra non sappia niente delle nostre indagini! Non mi fido di quel tipo, nasconde un segreto!»

«Ma... Che tipo di scusa dovrei usare?» domandò Wilfrid, interdetto. «Queste cose mi mettono a disagio, signorino...»

«Inventa qualcosa, oppure prendi spunto da uno dei tuoi romanzi di mistero! Basta che non sospettino niente, Dorothy!» continuò Tim, poi osservò la strada. «Coraggio! Non soffia poi così forte: nelle Highlands questa era la brezza che ci svegliava al mattino!»

Su queste parole, *Scratch!*, una folata poderosa staccò il tettuccio di una vettura, lasciando i due di stucco.

«Signorino, non potrebbe andare lei dai Fitzpick e lasciare me al *Black Owl*? Io...» deglutì Wilfrid. «... Sono un uomo anziano, per Giove!»

«Lo farei, se solo la persona che devo incontrare non fosse Archibald Bowbridge, detto "Cassaforte"! A quanto ricordo, tu e lui non vi potete sopport...»

«Quel cafone!» lo interruppe il maggiordomo, livoroso. «Meglio la morte che un solo minuto con quel caprone di Bowbridge!» tuonò, poi si buttò nella tormenta senza batter ciglio.

«Ricorda, vecchio tricheco: non chiedere l'indirizzo in modo diretto, inventa una scusa!» gli urlò dietro Tim.

«Ci vediamo in Cornovaglia, signorino!» rispose Wilfrid, arrancando controvento.

Quando mezz'ora più tardi il maggiordomo giunse a villa Pemberton, era così arruffato che Madeleine stentò a riconoscerlo.

«Signor Wilfrid, cosa le è successo?»

«Sono stato colpito da una gabbia per uccelli!» rispose il maggiordomo, con la schiena indolenzita. Poi varcò la soglia e prese ad aggiustarsi le basette.

«Gideon è andato a tenere una lezione all'università...» sospirò la donna. «Chissà se riuscirà a cavarsela, con questo vento. È così smarrito, quando c'è da essere pratici. Lui non è come il maggiore Redgrave, che una volta percorse a piedi il deserto di Manitù con tre pallottole nell'addome! Cosa l'ha spinta a tornare con un tempo del genere? Immagino si tratti di qualcosa di importante!»

«Purtroppo, sì...» disse Wilfrid, con sguardo afflitto.

«Ma lei... sta piangendo!» sbottò la Fitzpick, trasalendo.

In giovane età, Wilfrid aveva recitato in una compagnia di teatro amatoriale. Un'esperienza utile, che lo rendeva perfettamente in grado di lacrimare a comando.

«È per via del signorino...» sospirò Wilfrid. «Lui è ammalato... sta morendo!» Poi immaginò la faccia che avrebbe fatto Tim venendo a conoscenza della scusa che si era inventato, e quasi gli scappò da ridere. Riuscì a trattenersi e prese a singhiozzare convulsamente.

Qualche minuto dopo, davanti a una tazza di tè allo zenzero, Wilfrid spiegò a Madeleine che un male incurabile stava divorando Tim.

«Ma lui è troppo orgoglioso per confessarlo davanti agli estranei...» mormorò, mesto. «Santo cielo, presto rimarrò solo! Il minimo che io possa fare è aiutarlo a disporre le sue carte in vista del trapasso!»

«Cosa intende dire?» domandò Madeleine.

«Fare testamento, signora Madeleine!» spiegò il maggiordomo. «A questo proposito, mi domandavo se lei e Gideon, in virtù della presenza di Gilda, non foste in possesso del recapito di un qualche notaio...» concluse, in tono allusivo.

«Sì, certo!» replicò Madeline, compassionevole. «Il signor Applepine! Posso darle l'indirizzo, ma l'avverto che ha la testa dura: pensi che non vuole riconoscere l'infermità mentale della zia di mio marito. Se lo facesse, potremmo essere noi a gestire i suoi averi... Non immagina che situazione assurda!» poi si picchiettò la tempia, e fece uno sguardo imbarazzato. «Oh, cielo! Mi scusi! Le parlo di simili sciocchezze quando lei ha cose ben più serie a cui pensare!»

Wilfrid non disse niente, e riprese a singhiozzare come un vitello scannato.

«Non faccia così...» lo consolò la donna. «Deve essere forte, Jonathan...» aggiunse.

Dieci minuti più tardi il maggiordomo era di nuovo in strada, con l'indirizzo nel taccuino e una lettera di raccomandazione da consegnare ad Applepine, firmata di pugno da Madeleine. La donna lo osservava dalla finestra con occhi tristi: Wilfrid fu quindi costretto a piagnucolare fino allo svincolo con Cadbury Road, dove si asciugò le lacrime e fischiò in direzione di una carrozza.

«Cosa ci fa in giro con questo tempo, mister?» gracchiò il cocchiere, un vecchietto con lo sguardo tetro.

«Potrei chiederle la stessa cosa!» replicò Wilfrid, aprendo lo sportello.

«La settimana scorsa mi hanno pignorato la casa, mister...» spiegò. «Da quel momento cerco la morte. Per questo sono uscito!»

«Buono a sapersi!» esclamò il maggiordomo. Poi si affacciò al finestrino e diede due colpi sul fianco della vettura. «Mi porti a Bedford Square!»

Clock! Clock!, zoccolarono i cavalli, e tentennando a destra e a sinistra il calesse sparì in un vortice di foglie rosse.

L'improvviso insorgere del vento aveva costretto i londinesi ad abbandonare le strade per rifugiarsi nel primo buco disponibile, come topi di campagna inseguiti da una ramazza: il *Black Owl* era gremito, fatto inusuale per il martedì mattina. Giudici e ladri, poliziotti e assassini sedevano spalla a spalla in attesa che il maestrale si placasse. I clienti si muovevano animatamente per la sala, urtandosi, schivandosi, scusandosi, in modo tanto convulso che pareva di essere finiti in una rete piena di trote.

Tuttavia, non c'era calca che avrebbe potuto impedire a Tim di individuare l'uomo che stava cercando. Infatti, Archibald Bowbridge, detto "Cassaforte", si affacciava dalla folla di due spanne abbondanti: un mastodonte, largo un metro e alto più del doppio. Le sue braccia erano cannoni e la testa, liscia come il marmo, la loro palla d'artiglieria. Portava baffi arricciati, da circense, e indossava una maglietta smanicata da barcaiolo, a righe bianche e blu. Ma la straordinarietà di Archibald non si limitava alla prestanza fisica: sul suo passato, infatti, circolavano le leggende più incredibili. Si diceva che fosse cresciuto in un villaggio di cannibali dell'Africa Nera, o che fosse l'unico superstite della spedizione artica del capitano Sir John Franklin oppure, ancora, che fosse stato seppellito vivo in Crimea, tirandosi fuori dalla fossa con la sola forza delle braccia. Le voci sul suo conto risuonavano dalle bettole fino ai salotti borghesi: questo rendeva Cassaforte una celebrità, e si può affermare che, insieme alla regina e all'ex primo ministro Gladstone, fosse uno dei pochi londinesi a superare per fama Tim Specter. D'altra parte, come non notare un simile molosso?

Ma veniamo alla cosa più straordinaria di tutte, ovvero le sue mani. Infatti, in contrasto con il gigantismo del corpo, erano minuscole, tanto che non sembravano neanche le sue. «Gliele avranno attaccate con ago e filo, come a Frankenstein!» aveva ipotizzato Wilfrid, con livore. «In effetti, quel cafone di Bowbridge me lo ricorda: per stazza, portamento e quoziente intellettivo!» aveva aggiunto, velenoso. Ma il maggiordomo si sbagliava: infatti, data l'abilità di Archibald nell'usarle, le mani erano certamente di sua proprietà. Bowbridge era il ladro più in gamba della capitale, e non c'era lucchetto o porta blindata che potesse resistere al suo tocco. Da qui, il soprannome di "Cassaforte". Non era mai stato arrestato: si diceva che Bowbridge fosse in grado di annodare i poliziotti come palloncini da fiera, e così molti agenti, terrorizzati, se ne stavano alla larga. Gli sbirri più temerari, invece, lo lasciavano stare: dopotutto, allo stesso modo della piazza di Piccadilly e dell'arco di Wellington, Archibald era un simbolo della città. E a nessuno piace ammanettare un monumento.

La sua destrezza avrebbe potuto renderlo ricco, ma la bella vita non lo attirava: le passioni di Bowbridge erano le bettole e il whiskey, le corse dei cani e le scazzottate. Insomma, tutti gli aspetti della città che andavano dallo squallido al sordido. Anche dopo un esame accurato, sarebbe stato difficile dargli un'età: alcuni sostenevano che fosse molto vecchio, e si tingesse i baffi di nero usando inchiostro tipografico. Altri che fosse appena trentenne, e le pesanti occhiaie che gli solcavano gli zigomi fossero la conseguenza di una vita disgraziata. Questo, e molte altre cose, era Archibald Bowbridge detto "Cassaforte".

Quel mattino si aggirava sogghignando per la sala del *Black Owl*, e al suo passaggio la folla si apriva in due ali, come un tappeto srotolato al passaggio di un sultano. Non c'era bontà nel suo sorriso: era quello di un barracuda, guardingo e pronto all'attacco. Esiste un posto più ghiotto, per un barracuda, di una rete piena di trote?

«Archie!» gridò Tim, roteando il bastone.

«Tim!» replicò Cassaforte a gran voce, mentre si arricciava un baffo. «Dove hai messo quel pappagallo del tuo domestico? Non ce l'avrà ancora con me per la storia di Brigitta?»

«Ogni giorno di più, Cassaforte! Se è vero che tu hai la stazza di un elefante, va riconosciuto che il mio maggiordomo ne ha la memoria!» rispose Tim. Anni prima, Wilfrid e Bowbridge si erano contesi una donna: si chiamava Brigitta, aveva un dozzina di chili di troppo e lavorava come sarta a Camden Town. La disfida sentimentale era finita in pareggio, visto che la donna aveva optato per un terzo pretendente, tale Harry Winthorpe, un bancario con la faccia da roditore. Dalla sfida con Cassaforte, oltre che una

cocente delusione amorosa, Wilfrid aveva rimediato la rottura del naso e di due costole. Da allora evitava in tutti i modi di incontrarlo, e il solo sentirlo nominare lo mandava su tutte le furie.

«Dì pure al tuo tirapiedi che se vuole fare pace, Cassaforte lo aspetta a braccia aperte!»

«Un tuo abbraccio non è una prospettiva così invitante...» commentò Tim, rilassato. «Forse non te ne rendi conto, Archie, ma a molti metti paura!»

«Non a Tim Specter!» replicò Cassaforte, rubando una bottiglia di gin da un tavolo per poi svuotarla in un sorso. «Lui non teme neanche i fantasmi!» rise, con il proprietario del liquore che, senza osare dire niente, tremava sotto la sua ombra.

«Il mio problema non è la paura, Archie, ma una porta... Saresti in grado di aprirla per me?»

«Così mi offendi!» grugnì Cassaforte. «Nella mia vita ho aperto di tutto: case, castelli, forzieri, carrozze, borsette, borsoni, vagoni, prigioni, tombini, manette e furgoni. Una volta aprii persino la testa di un capo tribù della Guyana per rubargli un pensiero!» disse, picchiettandosi la tempia. «Se credi che non possa aprire una semplice porta, vuol dire che non conosci il tuo amico Cassaforte!»

«Si tratta di una serratura speciale, Archie...» specificò Tim.

«E questi ti sembrano attrezzi normali?» controbatté Bowbridge, mostrandogli le piccole mani. «Te la potrei aprire da bendato! Certo, al giusto prezzo...»

«Le solite cinque carte?» chiese Tim, strizzando l'occhio.

«Le solite dieci!» grugnì Cassaforte, facendosi improvvisamente ostile.

«Facciamo sette...» concesse Tim.

«... Più una bottiglia di gin!»

«Affare fatto!» concluse Specter, allegro. «Si farà sabato! Ci vediamo alle dieci in punto sotto l'arco del *Black Owl*!»

«Ci sarò!» tuonò Cassaforte, sorridendo di nuovo come un barracuda. A questo punto, un tizio ubriaco gli barcollò di fronte.

«Non è vero che hai rubato un pensiero!» farfugliò, in tono polemico. «Nessuno può farlo, neanche Archibald Bowbridge!» concluse, poi, *hic!*, singhiozzò.

«E tu chi saresti?» ringhiò Cassaforte, soffiandogli il fumo in faccia.

«Mi chiamo Achille Coleman!» annunciò l'ubriaco, che era secco come un torsolo di mela. «Detto "Slim" Coleman!» aggiunse, orgoglioso. *Hic!*

«Per san Palladio...» commentò Tim. «Quest'uomo ha del fegato per parlarti così!»

«Ne riconosco il coraggio...» convenne Bowbridge, infilandosi i guanti per poterle suonare al tizio senza rovinarsi le mani. «Tuttavia, non gli servirà a scamparla. Non a lui, non al suo fegato né a tutti gli altri organi! Ho intenzione di mescolarli come un mazzo di carte da bridge!» concluse, allegro. I clienti si accalcarono in cerchio intorno alla scena, cominciando a scommettere su quanti denti sarebbero rimasti in bocca allo sventurato, e si creò così un tale parapiglia che Tim faticò non poco a sgusciare fino all'uscita.

Dlin!, fece la campanella della porta, richiudendosi alle spalle di Specter. Fu come il gong del primo round, che diede il via al quarto d'ora più buio della vita dello sventurato Achille "Slim" Coleman.

Un'ora dopo, Tim fece il suo ingresso nel salotto dell'appartamento di Bedford Square. Wilfrid, ancora vestito di tutto punto, si era addormentato sul divano: le mani erano giunte sulla pancia, e così il maggiordomo ricordava un morto disteso sul catafalco in attesa di essere portato al camposanto.

Il taccuino degli appunti era appoggiato in bella vista sul tavolo da fumo, aperto su una delle pagine centrali.

«Ottimo lavoro, vecchio tricheco...» sospirò Tim, osservando l'indirizzo di Applepine vergato in bella calligrafia.

All'improvviso, *Tliin!*, un tintinnio giunse dal corridoio. Tim si voltò di scatto per guardare. Nessuno. Tuttavia, la porta della cucina era semiaperta e, *Tliin!*, il rumore veniva da lì.

«Elizabeth?» chiamò Specter.

Silenzio.

Ogni volta che in casa accadeva un fatto inconsueto, in Tim si accendeva l'istintiva speranza che lo spettro di sua moglie fosse venuto a fargli visita.

Il cacciatore di fantasmi avanzò con passi circospetti verso la cucina. *Tliin!*

«Elizabeth, sei tu?»

Nessuna risposta.

Specter poggiò una mano sulla porta, poi la sospinse in avanti lentamente, trattenendo il fiato. *Gneeek!*

Quando si affacciò nella stanza, Tim trasalì. Seduto al tavolo della cucina c'era un uomo di spalle, vestito di nero e con un cappellaccio appoggiato in testa. Se ne stava ricurvo come un avvoltoio sulla preda, e armeggiava con qualcosa, emettendo il tintinnio che aveva attirato Tim, il quale, per un terribile momento, fu convinto di trovarsi di fronte a…

«… Mirakola!» esclamò il cacciatore di fantasmi.

Il tintinnio cessò di colpo, l'uomo in nero rizzò la schiena, poi si voltò lentamente.

Era il vetturino che aveva raccolto Wilfrid nei pressi di casa Pemberton. In mano stringeva un cucchiaio: davanti a lui, sul tavolo, un piatto di porcellana colmo di zuppa. Ed ecco spiegato il tintinnio.

«E lei chi è?» domandò Tim.

«Salve, mister! Mi spiace di averla spaventata! È stato mister Wilfrid a farmi entrare...» si giustificò l'uomo, con sguardo afflitto. «Credo di avergli fatto pena, mister, e così mi ha offerto della zuppa e un po' di riparo! Io non volevo, ma lui ha insistito... È orribile far pena a qualcuno, mister... Spero non le accada mai!» concluse, asciugandosi i baffi con un tovagliolo di stoffa.

«Io... mi sono confuso...» sospirò Tim. «Per un attimo ho pensato che lei fosse...»

Il vetturino attese per un po' che Specter completasse la frase, poi si strinse nelle spalle e riprese a mangiare la zuppa.

Fuori il vento era calato, e i londinesi avevano ripreso il loro andirivieni come niente fosse. Mancavano quattro giorni alla parata fluviale per l'anniversario della *Mayflower*. In quell'occasione, le indagini sul fantasma di Harold Stenton sarebbero giunte a una svolta cruciale.

Non rimaneva che aspettare.

Tliin!

CAPITOLO 12

CINQUE COLPI DI CANNONE

Convinto che l'apertura della porta misteriosa avrebbe messo l'indagine nella giusta direzione, Tim rimandò alla settimana seguente la visita al notaio Applepine, e per tre giorni si disinteressò al caso Stenton.

Passò il mercoledì su un tetto di Leytonstone, ad aiutare il fantasma di uno spazzacamino incastrato in un comignolo.

Il giovedì lo trascorse sulle rive del Tamigi, a farsi raccontare storie sulla vecchia Londra dallo spettro di un barcaiolo.

Venerdì fu la volta del British Museum, dove Tim pacificò il fantasma di un antico scriba che, secoli addietro, aveva smarrito un papiro: facendosi aiutare dal traduttore del museo, il cacciatore di spettri gli spiegò che il regno egizio era estinto da oltre due millenni e che quei documenti, anche se ritrovati, probabilmente non avrebbero più avuto alcun valore legale. Lo scriba parve soddisfatto della spiegazione e sparì in una nuvoletta. *Puf!* Il direttore del museo, per gratitudine, regalò a Tim due biglietti omaggio per l'esposizione universale che, il mese seguente, si sarebbe svolta presso il Crystal Palace di Sydenham Hill.

Infine, venne il sabato. Quella mattina, i volti dei londinesi apparivano allegri: forse per la ricorrenza del *Mayflower*, forse per il sole tiepido che rischiarava la città, ma più probabilmente perché l'assassino dell'orologio non colpiva da quasi una settimana. Non era mai intercorso tanto tempo tra un omicidio e l'altro, e alcuni cominciavano a sperare che il possente maestrale del martedì precedente se lo fosse portato via.

Alle ore sette e trenta in punto, Madeleine Fitzpick salì a bordo di una vettura parcheggiata davanti all'ingresso di villa Pemberton, che la condusse a Ilford, dove avrebbe trovato ad attenderla il maggiore Redgrave. Anche il volto della donna appariva rilassato, visto che negli ultimi giorni il fantasma non era più apparso.

Alle nove, Jonathan Wilfrid giunse alla villa, per poi dirigersi con Gideon Fitzpick verso le rive del Tamigi. Visto che la parata non avrebbe avuto inizio che alle dieci e trenta, i due si fermarono al *Gertrude's* per fare colazione. Ordinarono due tazze di tè, un vassoio di biscotti e due uova con sorpresa. «Le ha inventate un certo Cadbury. Un pasticcere davvero in gamba!» commentò lo psichiatra, mandando su tutte le furie lo spettro di Gertrude Bowers. *Scrotch!*

Alle dieci esatte, Tim Specter e Archibald Bowbridge, come pattuito, si trovarono sotto l'arco di pietra del *Black Owl*, per poi avviarsi in direzione di villa Pemberton.

Nello stesso momento, riaffacciandosi sulla via, Wilfrid e Fitzpick furono travolti da un fiume di persone dirette alla parata navale. «A dare inizio all'evento sarà un colpo di cannone della *Hawke*, la nave ammiraglia più imponente della flotta!» esclamò Fitzpick. «Coraggio, Jonathan: manca soltanto un quarto d'ora!» concluse, mettendosi a scarpinare più in fretta. «Oh, cielo...» sospirò Wilfrid, che aveva sperato, almeno per un giorno, di evitare un inseguimento.

Dieci minuti più tardi, ovvero appena cinque minuti prima dell'inizio della parata, Tim Specter e Cassaforte si fermarono di fronte al muro di cinta di villa Pemberton. Dopo aver controllato che la strada fosse deserta, Archibald si caricò il cacciatore di spettri sulle spalle, sollevandolo come un fuscello. Tim gettò il bastone dall'altra parte, poi si aggrappò al vertice del muro, rischiando più volte di scivolare sui rampicanti. «Hop!» esclamò, atterrando nel giardino interno, ai piedi della quercia dove si era appeso Harold Stenton. Poi si introdusse nella casa attraverso una portafinestra e, dopo essersi assicurato che Gilda fosse sola, andò ad aprire a Cassaforte, che varcò l'ingresso arricciandosi i baffi a manubrio.

Alle dieci e ventotto il capitano Heartmayer abbassò la torcia su uno dei cannoni della *Hawke*, mentre i londinesi, accalcati sulle rive del fiume, attendevano il colpo con il fiato sospeso. Wilfrid e Fitzpick si erano piazzati sul ponte di Londra, e osservavano ammirati le trentacinque imbarcazioni disposte lungo il fiume. La miccia si accese, e prese a bruciare in uno scintillio. *Fzzzz!*

In quello stesso momento, sotto gli occhi ammirati di Madeleine Fitzpick e di tutto il pubblico di Ilford, il maggiore Redgrave mise a segno uno dei suoi maestosi dritti.

Boooom!, tuonò il cannone alle dieci e trenta in punto, e i marinai iniziarono a tirare le ancore, preparandosi a sfilare. Il colpo rimbombò per tutta Londra, e fu tanto forte da destare dal sonno addirittura il povero Achille "Slim" Coleman, che dalla scazzottata con Cassaforte non si era più svegliato.

«Che botta!» commentò Wilfrid, impressionato.

«Proprio una botta degna dell'impero!» gli fece eco Fitzpick, entusiasta.

Due minuti prima dell'esplosione, Tim scostò la tenda del salotto e Cassaforte, senza perdere tempo, prese ad armeggiare con la toppa utilizzando un coltellino. *Scrotch! Scrotch!* «Che strana serratura...» commentò l'energumeno.

«Te l'ho detto che è speciale!» disse Tim. «Non mi dirai che non ci riesci?» aggiunse, indispettito, ma proprio in quel momento, *Clack!*, l'apertura scattò e, *Gneek!*, l'uscio si dischiuse lentamente.

«Eh! Eh!» rise Cassaforte, che ci riusciva sempre.

«Tilly!» gracchiò la Pemberton, incastrata nel divano.

«Ottimo lavoro, Archie...» mormorò Tim alle dieci e trenta esatte e, *Boooom!*, da lontano risuonò il botto del cannone della *Hawke*. «La parata ha avuto inizio...» commentò Specter, avanzando verso l'apertura misteriosa.

«Diamine, la mia pipa!» grugnì Gideon Fitzpick alle dieci e trentacinque, tastandosi tutte le tasche del completo. «Che seccatura, l'ho dimenticata a casa! Devo assolutamente tornare a prenderla!» aggiunse, rammaricato.

«Ma le navi stanno per partire!» protestò Wilfrid. «Si perderà buona parte della parata, se va via ora!»

«Ma mi perderò tutto il piacere di osservarla, senza la mia pipa!» replicò lo psichiatra. «Lei rimanga pure, Jonathan... Io torno indietro!» concluse, allontanandosi. Wilfrid fu preso da un'incontrollabile agitazione: Tim si trovava a villa Pemberton!

«Vengo con lei, professore!» balbettò il maggiordomo, mettendosi all'inseguimento.

Nel frattempo, Tim e Bowbridge varcarono la soglia della porta misteriosa, ritrovandosi in una stanza immersa nel buio. «Niente luce elettrica, niente finestre...» commentò Specter. Si infilò quindi una mano nella tasca interna della giacca, da cui tirò fuori i fiammiferi trovati nell'uovo con sorpresa del *Gertrude's*. «Grazie, signora Bowers...» sussurrò il cacciatore di fantasmi sfregandone uno sulla scatola e, *Zaff!*, il buio si rischiarò.

Nello stesso momento, a meno di un miglio di distanza, Wilfrid provava a rallentare la marcia di Gideon Fitzpick.

«Potrebbe esserle caduta, la pipa! Dovremmo fermarci e controllare per terra!» disse, arrivando ad afferrare lo psichiatra per una spalla.

«Non mi è caduta, Jonathan!» replicò Fitzpick, liberandosi dalla presa. «L'ho lasciata sul tavolinetto da fumo della sala! Ho ancora l'immagine impressa negli occhi!» aggiunse, continuando a scarpinare. Villa Pemberton apparve in fondo alla strada, Wilfrid deglutì.

Alle dieci e quarantacinque, Heartmayer abbassò per la seconda volta la torcia sul cannone. Il primo colpo aveva generato un tale clamore che sarebbe stato un peccato non concedere il bis. La miccia si accese, la folla trattenne il respiro. *Fzzzz!*

«Sembrano barche...» mormorò Cassaforte, guardandosi attorno. La stanza era angusta, del tutto priva di mobili e dominata da un acre odore di muffa. Il pavimento era coperto da un tappeto polveroso e alle pareti si affacciavano delle mensole, su cui erano sistemati con cura decine di modellini di imbarcazioni. Riproduzioni perfette, che ricordavano da vicino quelle dell'*Ancient Mariner*. «Questa non me l'aspettavo... Il segreto di Fitzpick è una collezione di modellini! La gente ti sorprende sempre!» mormorò Specter, muovendo il fiammifero a sinistra e a destra alla ricerca di qualcosa che non fosse una mensola o una barca. «Che delusione! Davvero non me l'aspettavo...» ripeté, con Cassaforte che lo aspettava sull'ingresso.

Tre minuti più tardi, Fitzpick e Wilfrid giunsero davanti all'ingresso di villa Pemberton. Lo psichiatra tirò fuori le chiavi, poi le abbassò sulla porta per infilarle nella toppa. *Boooom!*, il botto del secondo colpo di cannone lo interruppe. «Diavolo di un Heartmayer!» rise lo psichiatra. «Stamattina ha proprio voglia di sparare!» Poi, sotto gli occhi terrorizzati del maggiordomo, infilò la chiave nella serratura. *Tlack!*

Il riverbero della cannonata giunse fino alla stanza misteriosa. «Diavolo di un Heartmayer!» commentò Cassaforte. «Stamattina ha proprio voglia di sparare!»

Specter non badò all'esplosione, continuando a passare in rassegna i modellini. Ce n'erano di tutti i tipi: navi inglesi, europee, americane, e poi vascelli pirata, navi mercantili, incrociatori da guerra. Un modellino era tutto dipinto di nero, con il timone composto da sedici listelli di ferro incrociati, che sembravano spilli da balia, e con quattro brandelli di stoffa strappati a fare da vele. «La nave del pirata Morgan...» sospirò Tim, leggendo la targhetta. Altre riproduzioni erano state costruite dentro delle bottiglie di vetro, ed erano così piccole che sarebbero potute stare sul palmo di una mano. C'erano anche delle boccette tonde, simili a quelle per conservare l'inchiostro: dentro Fitzpick ci teneva la colla per assemblare le navi. «La flotta del conquistador Espinoza...» mormorò Tim, illuminando una nuova miniatura.

«Smettila di perdere tempo, Specter! Andiamo!» intervenne Cassaforte. «È solo una dannata collezione!»

«Il mio istinto mi ha detto che qui dentro si cela la soluzione del mistero, e il mio istinto sa il fatto suo, Archie! E poi, se è solo una collezione, perché nasconderla dietro a una porta segreta?» domandò Tim.

«Bah... Ognuno ha le sue stranezze! Pensa che una volta un mio amico di Bristol decise di sposare una mucca. Le comprò anche l'anello di fidanzamento: hai idea di quanto oro sia necessario per fare il giro della zampa di una vacca? Quel poveretto rimase sul lastric...»

Cassaforte non riuscì a terminare la sua storiella, perché dall'ingresso giunse un rumore improvviso, che lo fece trasalire. Era la voce di un anziano, che canticchiava ad alto volume la canzone popolare *Wee Willie Winkie*.

«Wilfrid?» mormorò Tim, riconoscendo all'istante la stonata litania.

«Wee Willie Winkie runs through the town!» cantò il maggiordomo sull'ingresso, con la voce che tremava. «Upstairs and downstairs in his nightgown!» aggiunse, prendendo a camminare davanti a Fitzpick. «Tapping at the window, crying at the lock!»

«Perché canta, Jonathan?» domandò lo psichiatra, inarcando un sopracciglio.

«Il sole mi mette di buon umore...» spiegò Wilfrid, imbarazzato, sperando che Tim avesse sentito. «E quando sono allegro canto! A lei non succede?»

«Non mi piacciono le canzonette! E inoltre, sono anche più stonato di lei, se mai è possibile!» rise Fitzpick. «Oh, eccoli là! Pipa e tabacco!» sbottò, poi varcò l'ingresso della sala.

Tlunk!, Cassaforte accostò la porta appena in tempo, il fiammifero si spense. Tim e l'energumeno si ritrovarono chiusi nello stanzino, schiacciati l'uno contro l'altro come due sardine.

«Hai tirato la tenda?» chiese Tim, a mezza voce.

«Quale tenda?» rispose Bowbridge, in un sussurro.

«Maledizione...» sibilò Specter.

«Vuoi che esca e li picchi?» domandò Bowbridge.

«No...» bisbigliò Tim. «Aspettiamo...»

Dalla sala, arrivò la voce di Fitzpick: «Sa, Jonathan, non gliel'ho ancora detto perché volevo farle passare una giornata in allegria, ma ecco... Mi dispiace che il suo principale stia morendo!»

Tim sgranò gli occhi, esterrefatto.

«Grazie, signore...» rispose Wilfrid. «Le sue parole mi confortano...»

«Come ben saprà, tra me e lui non scorre buon sangue!» continuò lo psichiatra. «Tuttavia, nessuno merita di andarsene così giovane... La vita sa essere crudele!»

«Davvero stai morendo, Specter?» chiese Cassaforte, nel buio. «Se si tratta di un male contagioso, beh, qui dentro si sta stretti e non vorrei che...»

«Taci, idiota!» sibilò Tim, chiudendogli la bocca con il putto di bronzo.

Fitzpick si infilò pipa e tabacco nel taschino. «Possiamo andare! Siamo ancora in tempo per la seconda parte della parata!»

Lo psichiatra e Wilfrid si avviarono verso l'uscita della sala, quand'ecco che...

«Tilly!» gracchiò la Pemberton. Istintivamente, Fitzpick si voltò verso la zia, e fu in quel momento che notò che la tenda era scostata.

«È stato lei a smuoverla, Jonathan?» domandò a Wilfrid.

«Cosa?» balbettò il maggiordomo, con le mani che gli tremavano nelle tasche del tweed.

«La tenda...» mormorò Fiztpick. *Toc! Toc! Toc!,* Tim poté sentire i passi dello psichiatra attraversare di nuovo la stanza, sempre più vicini.

«Siamo fritti...» bisbigliò Tim. «Se apre, spaccagli il naso, intesi? Se mi trova qui, non potrò mai più entrare nella villa!»

«Non ho portato i guanti...» sibilò Bowbridge. «Ti va bene se glielo spacco con il gomito? Non vorrei rovinarmi le mani...»

«Spaccaglielo come ritieni più opportuno, Archie, basta che perda i sensi e non mi veda... E ora taci...»

Fitzpick si fermò di fronte alla porta chiusa, lo sguardo sospettoso.

«Andiamo?» chiese Wilfrid. «È tardi...»

Lo psichiatra protese una mano in direzione della maniglia,

lentamente, con le dita già pronte ad afferrare il pomello. Wilfrid deglutì, poi chiuse gli occhi per non vedere.

Boooom!, un nuovo scoppio interruppe il movimento di Fitzpick, che si voltò in direzione della portafinestra della sala, la mano sospesa a mezz'aria. Heartmayer aveva colpito ancora.

«Andiamo?» chiese di nuovo Wilfrid, in tono più deciso.

Lo psichiatra guardò di nuovo la porta, infine si strinse nelle spalle. «Bah!» concluse, tirando la tenda. «Mi pareva di averla accostata! Oggi non ci sono con la testa!»

Toc! Toc! Toc!, Tim avvertì i passi di Fitzpick allontanarsi verso l'uscita. Il maggiordomo e lo psichiatra continuarono a parlottare, con le voci che si facevano sempre più distanti, come uno sciame d'api che vola via. Infine, *Clunk!*, si poté sentire il colpo della porta d'ingresso che si richiudeva alle loro spalle.

«Peccato...» mormorò Bowbridge, arricciandosi i baffi a manubrio. «L'idea di spaccargli il naso non mi sarebbe dispiaciuta!» aggiunse, riaprendo la porta con aria circospetta. *Gneeek!* L'energumeno, camminando per il salotto, prese a sgranchirsi i braccioni. Tim lo seguiva con aria mesta, ancora deluso dall'ispezione dello stanzino.

«Tilly...» mormorò Gilda Pemberton, che non si era mossa di un millimetro.

«Povera vecchietta!» disse Cassaforte. «Abbandonata qui come un giocattolo! Che ne dici, Specter, se la portiamo in giardino a prendere un po' d'aria?»

«Ma sì...» sospirò Tim, triste, anche se trovava l'idea assurda. «Portiamola in giardino...»

Due minuti più tardi, rischiarati dal sole autunnale che filtrava tra i rami, i tre sedevano ai piedi della quercia: un energumeno, un cacciatore di spettri e una vecchia rimbambita, il gruppo peggio assortito della storia d'Inghilterra.

«Che bel sole...» sospirò Cassaforte, rivolto alla Pemberton. «Non è vero, signora?»

L'anziana sorrise, cordiale, anche se non aveva capito una parola.

«Eppure, ero sicuro che quella porta nascondesse un segreto...» bisbigliò Specter, osservando il putto di bronzo come per chiedergli consiglio. Accettare l'idea di aver avuto un'intuizione errata era la cosa che più detestava al mondo. Mirakola a parte, ovviamente.

«Specter, la tua fissazione per quel buco sta diventando una malattia!» protestò Cassaforte. «L'unica cosa interessante, là dentro, sarebbero le bottiglie... peccato che dentro ci siano delle barche, e non del vino!» concluse l'energumeno, provando a far sorridere di nuovo Gilda, che questa volta non reagì.

Tim sollevò lo sguardo di colpo, gli occhi sgranati, l'espressione spiritata.

«Come hai detto, Archie?» domandò, scattando in piedi come un canguro.

«Ho detto che la tua fissazione per quel buco sta div...»

«Vino!» lo interruppe il cacciatore di fantasmi. «Non era sangue, ma vino! Come ho fatto a non pensarci prima?»

«Vino!» gracchiò la Pemberton, a casaccio.

«Immagino che il tuo intuito abbia ripreso a scarpinare, giusto?» chiese Cassaforte, rilassato, poggiandosi contro il tronco della quercia per schiacciare un pisolino.

«Esatto, Archie!» esclamò Tim, che ora camminava intorno all'albero facendo roteare il bastone. «Come dico sempre, le persone non vedono quello che vedono, ma vedono quello che sanno!»

«Yaaawn!» sbadigliò Cassaforte, per niente interessato.

«Vino!» ripeté la Pemberton.

«Osservando lo spettro, sia io che Madeleine abbiamo concluso che le macchie rosse sul suo abito fossero schizzi di sangue. È un'ipotesi comprensibile, quando si ha di fronte uno spirito tornato dall'oltretomba! Ma Stenton si appese per il collo...» osservò Tim, indicando i rami della quercia. «... E chi si impicca non sanguina, dannazione!»

«E quindi?» chiese Cassaforte.

«E quindi ci sbagliavamo, per san Palladio!» sbottò Specter, fermandosi di colpo, lo sguardo euforico. «Quello non era sangue, ma vino! L'odore emanato dal fantasma, così simile a quello dell'aceto, era puzza di vino guasto!»

«Vino guasto!» gli fece eco la Pemberton.

«Non ti seguo, Specter...» bisbigliò Cassaforte, che si stava addormentando. «Ma a forza di sentir nominare il vino mi è venuta voglia di sbronzarmi!»

«Inoltre, Stenton ne era un forte consumatore, come mi ha rivelato Gertrude Bowers!» continuò Tim, avvicinandosi alla portafinestra che conduceva al salotto. «Vieni, Archie! Scendiamo nelle cantine! È lì che troveremo la soluzione all'enigma!»

«A villa Pemberton non ci sono cantine...» commentò l'energumeno, senza muoversi.

«Questo è quello che pensavo anch'io, dopo la prima ispezione!» replicò il cacciatore di spettri, da dentro la casa. «Ma visto che le mie intuizioni si rivelano sempre giuste, sono certo che troveremo l'ingresso alle cantine nell'unico posto che non è stato ancora controllato!»

«Ovvero?» domandò Bowbridge, ormai rassegnato all'idea di doversi alzare.

«Sotto il tappeto dello stanzino, Archie!» esclamò Tim, affacciandosi dalla portafinestra come l'uccello meccanico di un orologio a cucù.

In quel preciso momento, a Ilford, il maggiore Redgrave mise a segno uno smash portentoso, che chiuse il primo doppio della giornata. *Booom!*, tuonò l'artiglieria dalle rive del Tamigi, mentre

Fitzpick e Wilfrid si posizionavano di nuovo sul ponte. Il colpo, ancora una volta, rimbombò fino a villa Pemberton, e a Tim piacque pensare che la Marina britannica stesse celebrando in grande stile la sua formidabile intuizione.

CAPITOLO 13

UN MANOSCRITTO TROVATO IN UNA BOTTIGLIA

Archibald Bowbridge sollevò il pesante tappeto dello stanzino, rivelando una botola quadrata incastonata in un pavimento di assi ammuffite. Era minuscola, non più di quaranta centimetri per lato.

«Non ci posso credere!» sbottò Cassaforte, poi spalancò il passaggio strattonando una piccola maniglia circolare posta al centro del quadrato. «Hai fatto centro, Specter!»

«Niente di straordinario… Fare centro è mio preciso dovere!» rispose Tim, controllando che la cicatrice fosse al suo posto. «Ottimo! Siamo svegli! Possiamo scendere!»

«Io lì dentro non ci passo…» commentò l'energumeno, indicandosi le enormi spalle. Oltre il buco, una scaletta a pioli si perdeva nell'oscurità.

«Ma io sì!» rispose Tim, poi si chinò sull'apertura. «Puzza di vino guasto...» disse, annusando l'aria. «La stessa emanata dal fantasma! Ci siamo, Archie! Tu torna a far compagnia a Gilda, ho notato che siete in sintonia!»

«Già!» bisbigliò l'omone, con voce da bimbo. «Non posso farci niente, tutte le vecchiette mi ricordano mia madre!»

«E se arriva Fitzpick...» suggerì Tim.

«... Gli spacco il naso!» grugnì Cassaforte, grintoso.

Tim attese che Bowbridge si fosse richiuso la porta dello stanzino alle spalle, poi, *Tic! Tic! Tic!*, cominciò a scendere la scaletta alla debole luce del fiammifero.

Tic! Tic! Tic! TOC!, il cacciatore di spettri atterrò su un piano di assi sconnesse, ritrovandosi in una stanza ancora più piccola della precedente, lunga meno di tre metri e larga appena la metà. A occupare ulteriore spazio, due pesanti espositori di legno posizionati lungo le pareti, pieni di bottiglie di vino messe in verticale. La puzza si era fatta tanto insopportabile che Tim per un attimo immaginò che lì dentro si nascondesse un cadavere. Mosse il fiammifero a sinistra e a destra. Niente cadavere, solo bottiglie.

«Amontillado, Cahteaux LaFitte, Barolo...» lesse Specter, illuminando le etichette. Le bottiglie erano tutte pregiate, tutte piene e tutte irrimediabilmente guaste e maleodoranti. Tim si chiese se Fitzpick sapesse dell'esistenza della botola, ma non riuscì a darsi una risposta. «Porto, Cabernet Sauvignon, Moët & Chandon...»

Il cacciatore di fantasmi finì di esaminare l'espositore di sinistra, poi, *Zaff!*, passò a quello di destra. Fu allora che la vide.

«Château Mont-Redon!» esclamò, fermando la fiammella davanti a un'elegante bottiglia dal vetro intarsiato. Secondo la dichiarazione dello spettro di Gertrude Bowers, si trattava del vino preferito da Harold Stenton.

A differenza di tutte le altre, la bottiglia di Mont-Redon era stata aperta, e il tappo risultava infilato per metà. Tim avvicinò il fiammifero: dentro non c'era neanche una goccia di vino. Al suo posto...

«... Un manoscritto...» mormorò il cacciatore di spettri, afferrando la bottiglia per ispezionarla: i fogli erano arrotolati come una mappa dei pirati, ed erano trenta, forse quaranta, scritti con caratteri minuscoli e in bella calligrafia.

Crack!, da lontano arrivò un nuovo colpo: questa volta però non si trattava di una cannonata della *Hawke*, ma di un tuono. Fuori doveva essere scoppiato un temporale improvviso.

Tim, portandosi dietro la preziosa bottiglia, risalì la scaletta, chiuse la botola e risistemò con cura il tappeto. Poi accese un ultimo fiammifero per controllare che lo stanzino fosse nelle esatte condizioni in cui lo avevano trovato. *Zaff!*, sembrava tutto in ordine. Specter uscì, chiuse la porta, tirò la tenda e si affacciò sul giardino. Fuori era scoppiato un temporale con i controfiocchi: tuttavia, Gilda e Bowbridge erano ancora seduti davanti alla quercia, al riparo sotto un ombrello rosso che Cassaforte aveva trovato sull'ingresso.

«Che ci fate lì fuori?» domandò Tim.

«Prendiamo un po' d'aria fresca, e intanto ci auguriamo di non essere arrostiti da un fulmine!» replicò Cassaforte, arricciandosi i baffi a manubrio. «Non è vero, Gilda?»

La vecchia emise una risata rauca, che pareva il gracchiare di un corvo.

«Mi sembra un passatempo di tutto rispetto!» rise Tim, sollevando in aria la bottiglia di Château Mont-Redon. «Nel frattempo, ho fatto un ritrovamento straordinario!»

«Vino! Era ora!» tuonò Cassaforte, pregustando la bevuta. «E di quello buono, a giudicare dall'etichetta!»

«Vino!» ripeté la Pemberton, battendo le mani in modo festoso.

«Spiacente di deludervi, il brindisi è rimandato!» rispose Tim. «Tuttavia, dentro questa bottiglia c'è qualcosa di molto più prezioso del vino!»

«Whiskey?» chiese Cassaforte, con sguardo interrogativo.

«No, Archie! Credo di essere appena entrato in possesso del diario segreto di Harold Stenton!» concluse Specter, strizzando l'occhio.

«Quindi ce ne andiamo?» replicò Bowbridge, scattando in piedi.

«E di corsa, amico mio! Con questo acquazzone, Wilfrid e Fitzpick staranno certamente rientrando a casa!»

Cassaforte riportò Gilda in casa, la salutò con un bacio sulla fronte e le raccomandò di fare la brava. «Cassaforte!» strepitò l'anziana, indicandolo.

«Ha imparato il mio nome...» sospirò l'energumeno, commosso.

Tim e Bowbridge sgattaiolarono fuori, e avevano appena svoltato l'angolo quando lo psichiatra e il maggiordomo si affacciarono dalla parte opposta della via, di ritorno dalla parata. Camminavano a testa bassa, bagnati come due pulcini.

«Vino!» ripeté in quel momento Gilda Pemberton, nella solitudine del salotto della villa.

«Etciù!» starnutì Wilfrid. Sedeva davanti al camino scoppiettante di casa Specter, con un plaid sulle gambe e la prima edizione di *Moby Dick* in mano.

«Bel colpo, capitano Heartmayer!» esclamò Tim, che si era seduto allo scrittoio per esaminare i fogli trovati nella bottiglia di Château Mont-Redon.

«Molto spiritoso, signorino...» mormorò, con voce nasale. «Ma c'è poco da scherzare: oggi le mie ossa hanno imbarcato più acqua dell'arca di Noè. Ormai ne sono certo: sto morendo!» concluse, in tono melodrammatico.

«Beh, anch'io, stando a quanto hai riferito ai Fitzpick!» osservò Specter, inforcando un paio di minuscoli occhiali con le lenti circolari. «Come ti è venuto in mente di dire che ho un male incurabile?» concluse.

«Mi è servito a ottenere l'indirizzo di Applepine!» bofonchiò il maggiordomo. «E non solo: nella tasca della giacca ho anche una bella lettera di raccomandazione firmata da Madeleine!»

«Nientemeno! Sarei curioso di leggerla!» replicò Tim, divertito. Poi srotolò il manoscritto.

«È un vero spasso, quella letter-*etciù*!!»

«Potresti smetterla di starnutire? Sto provando a concentrarmi...»

«Smetterò quando sarò morto, ovvero tra circa cinque minuti! Ma tornerò dall'oltretomba, signorino, e la perseguiterò in eterno con dei sonori starnuti!» annunciò il maggiordomo, puntando l'indice in alto. «Il fantasma con il raffreddore!» aggiunse poi, con voce fantasmatica. Infine starnutì.

Fuori era scesa la notte, spazzata dall'ennesimo acquazzone. E così, alla luce incerta mandata dalle fiamme che balenavano tra le braci, Timotheus Specter, il cacciatore di fantasmi, prese a scorrere le parole di Harold Stenton, partendo direttamente dall'ultima parte, quella inerente ai fatti del suo ultimo anno di vita.

26 maggio 1875

Ho passato l'intero pomeriggio in cortile, a potare l'edera. Un lavoro duro, ma assai gratificante! Avere una rampicante in casa è un po' come essere assediati. Un attimo di distrazione e ci si ritrova la foresta amazzonica in salotto! Questo a me e Gilda non accadrà mai, vista la mia abilità! Non amo confidare i trucchi di giardinaggio, ma tu sei il mio diario, e direi che mi posso fidare. Visto che non ho voglia di ripetere la potatura ogni mese, ho inventato un metodo formidabile per rallentare la ricrescita dell'edera! Ecco come faccio: prima di innaffiare, diluisco nell'acqua una piccola quantità di arsenico. In casa ne abbiamo in abbondanza, visto che la signora lo usa come cosmetico per il viso: si tratta anche di un veleno potentissimo, che nei romanzi di mistero gli assassini usano per compiere i loro delitti. Pertanto, bisogna essere precisi con la quantità, metterne pochissimo, altrimenti la pianta muore! Se si è abbastanza abili a mescolare acqua e arsenico, e io lo sono, si otterrà l'effetto di rallentare notevolmente l'insorgere dell'edera senza peggiorarne l'aspetto, che rimarrà rigoglioso! Non sono un genio, caro diario? Chi avrebbe mai detto che il miglior giardiniere di Londra fosse un maggiordomo?

«Uff! Sembra un trattato di botanica...» sbuffò Tim, annoiato.

«Etciù!» starnutì Wilfrid.

Il cacciatore di fantasmi continuò a leggere.

27 maggio

Tilly mi ha rubato ancora una volta i guanti da lavoro. Quel dannato gatto ha l'indole del ladro, e quando arraffa qualcosa recuperarla diventa un grattacapo! Oggi ho dovuto inseguirlo fin sopra al muro di cinta, poi sulla quercia del giardino, e infine in cantina. Ovviamente, non sono riuscito a sottrargli i guanti. Me li ha restituiti da solo, lasciandoli andare quando il gioco lo ha annoiato. Maledetto! A volte spero che mi rubi la boccetta di arsenico, e magari ne ingerisca un po' per sbaglio! Rimarrebbe stecchito in men che non si dica! Ma questi sono brutti pensieri, caro diario, e in fondo voglio bene a quella palla di pelo. Inoltre, non posso lamentarmi: a villa Pemberton la vita scorre meravigliosa! Io e Gilda viviamo in perfetta solitudine, perfettamente felici! Quindi ti chiedo, caro diario: chi avrebbe mai detto che l'uomo più felice di Londra fosse un maggiordomo?

Tim voltò pagina, notando che sul fondo della successiva si faceva cenno al notaio Applepine. Annoiato dalle prodezze di giardinaggio di Harold Stenton, saltò alcune righe e riprese a leggere da lì.

4 giugno

Ieri il notaio Applepine ha fatto visita alla villa. Quel tipo non mi piace: non mi piace la sua faccia, che ricorda quella di un grasso bulldog, e non mi piacciono i suoi modi, che sembrano avere sempre un secondo fine. Un viscido! Inoltre, mastica a bocca aperta, e quando lascia la villa ci sono briciole di biscotti dappertutto! Gilda si fida di lui, anche se non capisco perché: lo sanno tutti che è un arraffone! Pare che l'anno scorso abbia falsificato dei documenti, raggirando a suo favore gli eredi della contessa Ustinov. Senza averne alcun diritto, si è preso una fetta dei suoi averi! Dove andremo a finire, dico io, se a Londra anche un notaio si mette a fare il criminale? Ho consigliato alla signora di sollevarlo dall'incarico sulla gestione del suo patrimonio: lei si è offesa, dicendomi che i maggiordomi devono imparare a farsi gli affari propri. Ma è stata la febbre a farla parlare così: sta male da giorni, e così è nervosa. Altrimenti, non direbbe mai certe cose, trattandomi come un servo qualunque. Sì, deve essere senza dubbio la febbre, caro diario.

15 luglio

Le condizioni di Gilda sono peggiorate. La temperatura è salita, le forze sono venute meno. Sono preoccupato. Stewart non riesce a trovare una causa al suo male, e senza una causa è difficile formulare una cura. Il dottore mi ha confidato che potrebbe morire! Se accadesse, penso che impazzirei. Sono trent'anni che vivo al suo fianco, oltre a lei non ho nessuno. Lo confesso, caro diario: i miei sentimenti per Gilda sono ben diversi da quelli che un normale maggiordomo nutre per la sua padrona. Non hai idea di quante volte, negli anni, sono stato vicino a chiederle di sposarci: a fermarmi non è stata l'ipotesi di un suo rifiuto, quanto più la paura che la nostra unione potesse rompere il magico equilibrio della villa. Come si può pretendere di migliorare una vita che è già perfetta? Neanche l'amore può farlo, caro diario. Prego ogni notte perché lei guarisca. Non voglio rimanere solo.

Un lampo illuminò la finestra, distraendo Tim dalla lettura. Wilfrid si era addormentato con il romanzo sulla faccia: starnutiva e russava nel sonno senza soluzione di continuità.

«E così la amavi, Stenton...» sospirò Tim, rivolto al foglio. Poi, pensando alla sua Elizabeth, si aggiustò gli occhiali sul naso e voltò pagina. Era l'ultima, ed era diversa dalle altre: i caratteri apparivano grossolani, come se a vergarli fosse stata una mano tremante. Inoltre, il testo si interrompeva a metà del foglio, che risultava rovinato dal vino rosso e dalla muffa.

18 agosto

Perché mi fai questo, Gilda? Quello che sta per accadere è una pugnalata alle mie spalle. Non penso che riuscirò ad andare avanti, sono troppo vecchio. D'altra parte, la vita è fatta così: il male non ti avverte, ma ti morde all'improvviso, come un serpente nascosto in una cesta. Se davvero hai deciso di…

Non si riusciva a leggere altro.

«Che seccatura…» sospirò Tim. «Si interrompe sul più bello, come un romanzo a puntate!» concluse, arrotolando il manoscritto. Poi salì in camera da letto, dove prese una coperta di lana dall'armadio, che usò per coprire Wilfrid. «Domani dovrai essere in forma, vecchio tricheco… Andiamo a Stratford a trovare il notaio Applepine!» sospirò, sollevando il romanzo dal volto del maggiordomo, che rispose con un sonoro starnuto. *Etciù!*

«Il fantasma del raffreddore…» sorrise Tim, poi si rimise allo scrittoio. Qui tirò fuori un foglio bianco da un cassetto e, usando penna d'oca e calamaio, *Scrib! Scrib!*, scrisse una lettera dal contenuto misterioso. L'avrebbe consegnata il giorno seguente al notaio, chiusa in una busta sigillata.

«E speriamo che se la beva…» mormorò il cacciatore di fantasmi.

La soluzione era vicina.

CAPITOLO 14

TRASFERTA A STRATFORD

Esimio notaio Applepine,

Con questa lettera le chiedo di occuparsi del testamento del signor Tim Specter, condannato da una rara malattia che lo sta divorando lentamente. Oltre che una celebrità e un orgoglio nazionale, egli è per noi un amico. Per questo, mi raccomando di trattarlo con il massimo riguardo.

Vi ringrazio,

Madeleine Fitzpick

Bang!, tuonò il fucile di Arthur Applepine, e una delle galline che razzolavano per l'aia cadde a terra stecchita, le zampe per aria.

«Ah! Ah! L'ho presa!» festeggiò il notaio, affacciato alla finestra dello studio, la bocca spalancata in un sorriso trionfale che

metteva in mostra una dentatura marrone, che pareva fatta di mozziconi di sigari.

«Povera bestiola...» sospirò Wilfrid, affacciandosi a sua volta.

«Impallinare gli animali domestici è un costume tipico di Stratford?» domandò Tim, che si era seduto su una poltrona.

«No! È un costume soltanto mio!» rispose il notaio, festoso, mentre ricaricava l'arma. *Tlack!* «Ma non mi limito alle galline! Sparo più o meno a tutto ciò che si muove! Ah! Ah!»

C'era da credergli. Infatti, le pareti della stanza erano decorate da decine di trofei di caccia: animali impagliati, armi, fotografie di bestie portentose, pellicce. Nessuno avrebbe mai indovinato che quello era lo studio di un notaio, e d'altra parte neanche Applepine ne aveva l'aspetto: alto come un portaombrelli e grasso come un cocomero, indossava un gilet da cacciatore, e in testa portava un cappellaccio alla irlandese. A una prima occhiata, si sarebbe detto più che altro un bracconiere. Era vecchio, probabilmente vecchissimo, ma le energie non gli mancavano: si muoveva agilmente, a scatti, come animato da una sottile perfidia che gli scorreva sotto pelle. Perché, sì, Arthur Applepine era cattivo: d'altronde, soltanto un uomo molto malvagio potrebbe sparare alle sue stesse galline. O un uomo molto stupido. «Spesso le due cose vanno di pari passo!» avrebbe commentato Tim, in altre circostanze.

Bang!, fece il fucile, e un'altra gallina cadde a terra.

«E due! Oggi sono in forma!» sentenziò il notaio, massaggiandosi le gote da bulldog. Poi si voltò verso Tim, mise su un'espressione triste e indicò la lettera di raccomandazione poggiata sul tavolo. «Mi spiace che lei stia morendo, Specter! È una cosa che dovrebbe capitare solo ai vecchi. Ma la vita è così! Un giorno cammini tranquillo per strada, e il giorno dopo…»

Bang!, un terza gallina cadde sull'aia.

«Tre!» sbottò Applepine, mostrando tre dita a Wilfrid, che scosse tristemente il capo e si rimise a osservare il panorama. Neanche la casa di Applepine si sarebbe detta quella di un notaio: era una comune villetta di campagna, con il tetto di paglia e la facciata decorata da un'intricata cornice di listelli di legno. A distinguerla dalle abitazioni del circondario, l'immensa testa di un cervo reale che il notaio aveva affisso sopra la porta d'ingresso a mo' di benvenuto.

Stratford distava più di dieci miglia dal centro di Londra, e così Tim e Wilfrid erano venuti in carrozza. A portarli era stato il vetturino a cui il maggiordomo aveva offerto la zuppa qualche giorno prima. Voleva sdebitarsi. «Per voi il viaggio è gratuito, mister. Andata, attesa e ritorno, mister!» aveva assicurato. Si chiamava James MacKenzie, detto "Corvetto" MacKenzie per la sua somiglianza con un corvo spennacchiato. Li attendeva ai margini del cortile, nascosto sotto una tettoia per evitare di essere impallinato dalle bordate di Applepine.

Quella domenica le campagne inglesi erano illuminate da un sole pigro, che colorava di giallo i prati, e nell'aria spirava un fresco odore di…

«… Sterco di vacca! Che meraviglia!» aveva esclamato Tim durante il viaggio, affacciato dal finestrino della vettura. «Wilfrid, non ricorda anche a te i felici pomeriggi nelle Highlands?»

«Ho il naso tappato, signorino…» aveva risposto il maggiordomo, rannicchiato sul sedile. «Etciù!»

Il notaio ripose il fucile sopra il camino, poi afferrò un bastone di legno bianchissimo e, *Tac! Tac! Tac!*, si andò ad accomodare alla scrivania.

«Allora, signor Cacciafantasmi...» disse poi, sorridente, sbattendo i palmi delle mani sul tavolo come una scimmia. «Lo vogliamo fare questo testamento?»

«La ringrazio per aver accettato di occuparsi delle mie volontà...» disse Tim, amaro. La messinscena, sotto sotto, lo divertiva immensamente.

«Non si perda in lodi! L'ho fatto solo perché mi è stato chiesto dalla signora Madeleine!» puntualizzò Applepine, agguantando penna e calamaio. «Oggi prenderò appunti, e la prossima volta redigerò il documento definitivo. Inutile sprecare tempo in sedute interminabili! Prima di tutto, mi dica: a chi vuole lasciare i suoi beni?»

«Lascio tutto al mio fedele domestico, Jonathan Wilfrid!» annunciò Tim, indicando il maggiordomo con sguardo commosso. Wilfrid rise sotto i baffi, visto che anche lui si divertiva da matti. «È un uomo anziano, ma ancora in forze! Potrà amministrare i miei beni per almeno quattro o cinque anni, prima di morire anche lui!» Wilfrid smise di ridere, e lanciò un'occhiataccia a Specter. Poi starnutì sonoramente. *Etciù!*

«Con il raffreddore che si è preso, direi semmai quattro o cinque giorni! Ah! Ah!» rise Applepine e, *Scrib! Scrib!*, si appuntò il nome del maggiordomo su un foglio spiegazzato. «Il signor Wilfrid sarà l'unico beneficiario?»

«Assolutamente sì, notaio!» disse Tim. «Jonathan mi è stato fedele per tutta la vita, servendomi prima come un padre, poi come un fratello e infine come un amico! I maggiordomi possono essere tante cose, non trova?»

«Mai avuto domestici per casa!» grugnì Applepine, severo. «Rubano!»

«Che uomo sgradevole...» commentò Wilfrid, senza essere sentito.

«Neanche a villa Pemberton tengono servitù!» riprese Tim. «Tuttavia, ancora oggi si parla del vecchio maggiordomo di famiglia, sebbene sia morto da più di quindici anni. Non è stupefacente quanto un semplice domestico possa rimanere impresso nella memoria di una casa?» disse Tim, in modo melodrammatico. «A proposito, lei lo conosceva?» domandò poi, allusivo.

«Sì...» tagliò corto Applepine, e un tremito gli percorse il volto. Il sopracciglio destro guizzò in alto, l'occhio si fece torvo, il naso si arricciò. Furono movimenti quasi impercettibili, che durarono un attimo, ma abbastanza da essere colti dall'occhio di Tim, che ebbe così la certezza che al notaio l'idea di parlare di Stenton non piaceva affatto. Era tutto ciò che voleva sapere. Applepine doveva restare all'oscuro del caso del fantasma: era un tipo coriaceo e sospettoso, e se avesse mangiato la foglia li avrebbe senza dubbio cacciati a pedate.

«Si impiccò, poveretto...» mormorò Tim, insistendo sull'argomento. Un nuovo tremito percorse il volto di Applepine. «In giardino, con un paio di bretelle. Mi chiedo come un uomo tanto retto possa arrivare a compiere un atto simile! Alcuni tendono a considerare i maggiordomi come semplici oggetti di casa: il povero Stenton ci ricorda quanta sensibilità si possa nascondere sotto l'uniforme di serviz...»

«Ma insomma!» sbottò Applepine, sbattendo la penna sul tavolo. «È qui per fare testamento o per recitare un'ode alla servitù inglese?»

«Non si innervosisca...» mormorò Tim, in tono rassicurante. «Erano solo pensieri sui maggiordomi... Non volevo turbarla!»

«Non mi ha turbato!» rispose Applepine, turbatissimo, quindi afferrò il suo bastone di legno bianco e lo puntò contro Tim. «È che lei divaga... E starnazza peggio delle mie galline!»

«Mi sta dicendo che rischio di essere impallinato?» ribatté Tim, ironico.

«Le sto dicendo che il nostro incontro preliminare si conclude qui!» tuonò il notaio. Poi ritrovò un certo contegno, e aggiunse: «Si tratta di una pratica semplice, visto che il beneficiario sarà un solo soggetto. La prossima volta portate tutti i documenti, e una lista firmata dei beni! Poi penserò a tutto io! Lei dovrà soltanto preoccuparsi di... ehm...»

«... Decedere?» chiese Tim, sorridendo.

«Esatto! Di decedere!» replicò Applepine, risoluto, poi si alzò dalla scrivania con un movimento goffo, simile a quello di un neonato che prova a scendere dal seggiolone, e andò al camino, dove lasciò il bastone e imbracciò di nuovo il fucile. «Ora potete andare! Ho da fare!»

«Come vuole, signor notaio...» rispose Tim, alzandosi. «Ma non prima di averle consegnato questa!» e tirò fuori dall'interno della giacca la lettera che aveva scritto la sera prima, chiusa in una busta sigillata.

«Di che si tratta?» domandò Applepine, perplesso.

«Gideon Fitzpick mi ha chiesto di recapitarle un messaggio!» rispose Tim.

«E perché non è venuto a consegnarmelo di persona?» domandò il notaio, afferrando la busta con sospetto.

«Sapendo che le avrei fatto visita, ha chiesto se potevo farlo al suo posto! Come può dedurre dalla lettera di Madeleine, sono un tipo fidato!»

«Come no...» sibilò Applepine, ostile.

Poi ruppe il sigillo, *Stack!*, spiegò la lettera, e lesse in silenzio.

Gentile Notaio,

Per via di questioni legate alla gestione del patrimonio di mia zia Gilda, la convoco presso villa Pemberton per la sera di martedì 20 novembre. L'appuntamento è fissato alle 9 di sera. La prego di venire senza indugio. La faccenda è delicata! Delicatissima!

I miei ossequi,

Gideon Fitzpick

Il notaio esaminò la calligrafia per verificarne l'autenticità. Naturalmente era falsa, ma Tim era stato tanto abile nell'imitazione che neanche Fitzpick in persona si sarebbe accorto del raggiro.

«Una convocazione... Che seccatura!» si lamentò infine Applepine. «Dica pure a Gideon che parteciperò al suo salottino, ma il mio buonumore resterà a Stratford. Avevo il torneo di freccette, martedì sera!»

«Riferirò!» disse Tim, ossequioso. «È stato un piacere, mister Applepine!»

«Etciù!» aggiunse Wilfrid.

Bang!, tuonò il fucile del notaio.

«Mancata!» grugnì Applepine, deluso.

«Potrebbe evitare di spararci mentre attraversiamo l'aia?» chiese il maggiordomo, uscendo. «Dopo i quattro o cinque anni e i quattro o cinque giorni, non vorrei si passasse ai quattro o cinque minuti!»

Clunk!, la porta dello studio si chiuse.

Poco dopo, la carrozza di Corvetto MacKenzie balzellava sulle buche delle strade di Stratford, diretta a Londra.

Nel tragitto, Tim scivolò in un sonno profondo, disturbato da incubi orribili, che si susseguirono come i capitoli di un unico, delirante racconto.

Il primo incubo lo riportò negli uffici di Scotland Yard, al cospetto di Alistair Campbell, e tutto si svolse come la prima volta.

«Questo è solo il suo modo di vedere le cose!» sbraitò il poliziotto, indicando il limone poggiato sulla mano di Tim. Poi lo spinse oltre la finestra, e il cacciatore di fantasmi scivolò nel vuoto. Ma stavolta, invece che spiccicarsi sul selciato, atterrò in una stanza vuota, che sembrava la cella di una prigione. Quel luogo era la cornice del suo secondo incubo. Tim si accorse che sul pavimento era poggiato un orologio a cucù. Le lancette scattarono sulla mezzanotte, e dall'interno prese ad affacciarsi a intermittenza una riproduzione in miniatura di Gilda Pemberton. «Tic e poi toc! Tic e poi toc! Tic e poi toc!» ripeteva la statuina, con voce meccanica e pungente.

Tim si chinò sull'orologio per fermarlo, ma proprio in quel momento, *Brooom!*, un terremoto sconquassò la stanza, sbriciolando il pavimento in mille pezzi. Specter precipitò nel nulla, fino ad atterrare sul palmo di una mano enorme, grande quanto un letto a due piazze. Così ebbe inizio il terzo incubo. Alzò lo sguardo, accorgendosi che Harold Stenton lo osservava: era diventato gigantesco, più alto della torre di Londra, e quello su cui sedeva era il suo guanto. Il maggiordomo prese a scuotere il dito della seconda mano, a sinistra e poi a destra, avvicinandolo sempre di più a Tim. Infine lo schiacciò. *Splotch!*

Il cacciatore di fantasmi si ritrovò nel buio, e in quell'oscurità sentì risuonare la voce di Thaddeus Mirakola, profonda come un abisso. «Presto tornerò, Specter! E questa volta non riuscirai a fermarmi!»

«Dove sei, mostro?» urlò Tim, rivolto alle tenebre.

«Dovresti saperlo!» ruggì Mirakola. «Io sono dentro di te!» Poi scoppiò in una risata terrificante, che pareva il canto di mille diavoli.

Solo a questo punto Tim si accorse che la cicatrice sulla fronte era scomparsa, e il luogo in cui si trovava non era altro che il suo quarto incubo.

«Siamo arrivati a Bedford Square, mister! Deve scendere, mister!» disse Corvetto MacKenzie, scuotendo Specter per le spalle.

Tim si svegliò di soprassalto, e in uno scatto portentoso si affacciò allo sportello della carrozza, raggiante.

«Bentornato tra noi, signorino!» disse Wilfrid, infilando la chiave nell'uscio.

«I miei incubi hanno parlato!» esclamò Tim, piroettando sul marciapiede. «Penso di essere finalmente giunto alla soluzione del nostro enigma!»

«Si sente bene, mister?» domandò Corvetto, che non era abituato a vedere Specter su di giri.

«Benissimo, amico mio!» rispose Tim, poi abbracciò il vetturino in modo tanto energico da fargli scrocchiare le ossa. *Scrock!*

«Così non riesco a respirare, mister...» rantolò Corvetto.

Wilfrid fece scattare la serratura, *Tlack!*, poi si strinse nelle spalle.

«Tanta fatica a cercare indizi» disse, «poi si scopre che per svelare il mistero bastava schiacciare un pisolino!».

CAPITOLO 15

SULLA QUERCIA

La sera successiva al viaggio a Stratford, Tim e Wilfrid fecero visita ai Fitzpick.

Quel pomeriggio, accompagnato dal fido Corvetto MacKenzie, Specter si era recato all'*Ancient Mariner* per incontrare Cassaforte, convocandolo a villa Pemberton per l'indomani.

«Dovrò menar le mani o violare serrature?» aveva domandato l'energumeno, facendo cenno a Seamus di portare la bottiglia di gin che Tim gli aveva promesso in pagamento per l'effrazione della porta segreta.

«Niente di tutto questo! La tua presenza è di per sé un'iniziativa, utile a scoraggiare i presenti dal compiere atti sconsiderati!»

«Sarà, ma io per sicurezza porto i guanti!» aveva commentato Bowbridge, scrocchiando le nocche.

«Questo sì, e anche il tirapugni!» aveva consigliato Tim, strizzando l'occhio. Poi aveva indicato una parete piena di attrezzi da navigazione. «Seamus, potresti prestarmi la corda di quell'ancora? Mi serve per compiere degli studi di dinamica dell'arrampicamento!»

«Il noleggio fa una sterlina...» aveva risposto l'oste, mostrando il suo sorriso senza denti.

«Trattabili?» aveva risposto Tim.

«Non tratto con i matti!»

«Lui non è matto!» era intervenuto Bowbridge, sollevando il gin per un brindisi. «Lui è Tim Specter!»

Finita la bottiglia, il cacciatore di fantasmi era passato a Bedford Square per prelevare Wilfrid, e insieme si erano fatti portare a villa Pemberton. Quando erano giunti a destinazione era buio fatto: Corvetto era rimasto in strada ad attenderli sul suo trespolo.

Ora Tim era in giardino, in piedi su un ramo della quercia con la corda a noleggio a tracolla. Wilfrid e i padroni di casa lo osservavano, il naso all'insù, gli sguardi interrogativi.

«Cosa sta facendo, signorino?» domandò il maggiordomo, che non aveva più il raffreddore.

«Lo lasci fare! Se siamo fortunati, si vuole impiccare anche lui!» grugnì Gideon Fitzpick, sarcastico.

«Mi spiace deluderla, signor Fitzpick, ma non ne ho alcuna intenzione!» esclamò Tim, stando in equilibrio come un acrobata.

«Ho pensato che la disperazione per la sua malattia l'avesse sopraffatta...» borbottò lo psichiatra, poi ravvivò la pipa e si strinse nelle spalle. «Beh... Peccato!»

«Forse il signor Specter sta cercando di immedesimarsi con lo spettro di Stenton...» ipotizzò Madeleine. «Oppure di captare qualche segnale fantasmatico!» aggiunse.

«Niente di tutto questo!» disse Tim, arrampicandosi su uno dei rami più lontani. «Sto compiendo degli studi di dinamica dell'arrampicamento! Lo scopo è accertarmi che la mia teoria sul caso Stenton regga fino in fondo!»

«Si accerti che anche quel ramo regga fino in fondo!» mormorò Wilfrid, preoccupato. «Mi pare di avvertire uno scricchiolio poco rassicurante!»

«Piuttosto, Madeleine...» disse Fitzpick, rivolto alla moglie. «Siamo sicuri che durante il fine settimana dei ladri non siano entrati nella villa?»

«Non capisco cosa te lo faccia pensare, caro!» rispose la donna, che osservava i movimenti di Tim con gli occhi meravigliati di una bambina al circo. «Mi pare che in casa non manchi niente!»

«Può darsi, ma sono due giorni che mia zia ripete di continuo la parola "Cassaforte"! Ed è strano, molto strano!» spiegò Fitzpick. *Puff! Puff!* «Non era mai successo! Magari ha visto qualche intruso! Che ne dici di andare a controllare?»

«Dove?» chiese Madeleine, mentre Tim, sdraiato su un ramo, confezionava un cappio con una delle estremità della corda.

«Ma nella cassaforte, naturalmente!» replicò lo psichiatra.

«Cassaforte!» strepitò la Pemberton, da dentro la sala.

«Se proprio ci tieni...» mormorò Madeleine, che non era tipo da contraddire il marito.

Prima di varcare la porta, Fitzpick lanciò un'ultima occhiata verso Tim, che aveva completato l'operazione e osservava il nodo tutto soddisfatto.

«Io gliel'ho detto...» disse a Wilfrid. «Quello si vuole impiccare...» Poi sparì all'interno della sala, seguito dalla moglie.

«Signorino, in qualità di suo assistente pretendo di sapere cosa diamine sta facendo lassù!» disse Wilfrid, quando fu sicuro che i Fitzpick non lo potevano sentire.

«Dì a Corvetto di portarti dal dottor Stewart e convocalo alla villa per domani pomeriggio, diciamo verso le sei e trenta!» rispose Tim, ignorando la richiesta. Poi fece roteare la corda, come volesse prendere al lazo un cavallo invisibile. «Devi dirgli che Gilda sta male, e necessita di una visita accurata!»

«Potrebbe smetterla di affidarmi incarichi di cui non conosco le motivazioni?» disse Wilfrid, desolato. «Io... Vorrei essere consapevole!»

«La curiosità uccise il gatto, vecchio tricheco!» sentenziò Tim, lanciando la corda davanti a sé. In risposta al movimento, l'albero vibrò paurosamente: il cacciatore di fantasmi perse l'equilibrio, e riuscì a non cadere soltanto aggrappandosi al ramo con entrambe le braccia.

«Comincio a pensare che Fitzpick abbia ragione... Lei vuole morire!» balbettò Wilfrid, spaventato a morte.

«Per san Palladio, avevo ragione!» disse Tim, fra sé e sé. «Deve essere andata così!»

«La lascio ai suoi studi sulla dinamica dell'arrampicamento, signorino!» disse Wilfrid. «Mi preoccuperò di farne pubblicare i risultati sul *Times*, di fianco al suo necrologio!» aggiunse, uscendo.

«Hop!» fece Tim, atterrando delicatamente sull'erba, poi si mise a riavvolgere la corda. Era rimasto solo.

Dalle finestre del primo piano giunsero le voci dei coniugi Fitzpick. «Come vedi, caro, c'è tutto!» disse Madeleine.

«Strano, molto strano!» rispose lo psichiatra, e sul volto di Specter si aprì un sorriso divertito.

All'improvviso, la temperatura si fece gelida, e un acre odore di vino guasto impestò l'aria. Un sibilo sordo vibrò alla spalle di Tim, che si voltò di scatto: di fronte a lui era apparso lo spettro di Harold Stenton, e lo guardava scuotendo l'indice a sinistra e a destra. Dall'incontro precedente, il fantasma era cresciuto ancora, arrivando a sfiorare i quattro metri.

Era spaventoso.

«Ho capito com'è andata, Harold!» disse Tim, deciso. «Presto tu e Gilda sarete liberi!»

Lo spettro smise di menare il dito, poi camminò fino alla quercia, e iniziò ad arrampicarsi con la nervosa eleganza di una mantide. Le lunghe leve gli permettevano di arrivare dappertutto, e pareva che la pianta potesse soffocare nel suo abbraccio. Una volta giunto sulla cima, Stenton continuò a salire attraverso rami invisibili, come se la quercia proseguisse fino in cielo.

Lo spettro proseguì l'arrampicata, fino a sparire nel buio della notte. La luce dei suoi occhi rossi fu l'ultima a dissolversi, e Tim attese a lungo prima di essere certo che il fantasma se ne fosse andato per davvero.

«Era così semplice...» sospirò, continuando a guardare in alto. «La verità è solo un modo di vedere le cose...»

CAPITOLO 16

LA SOLUZIONE DEL CASO STENTON

Un proverbio cinese dice che la massima soddisfazione a cui un uomo può aspirare non coincide con il raggiungimento di un traguardo, ma con la fine di un tormento. La Londra del 1895, a parte il tè, aveva ben poco di cinese; tuttavia, doveva essere stata l'interruzione della serie di omicidi dell'assassino dell'orologio a rendere la giornata tanto serena, e la gente tanto allegra. Le strade brulicavano di passanti, come si fosse all'inizio di una fiera, e anche la Polveriera, di solito tetra, pareva una delle tante, eleganti palazzine dei caseggiati.

D'altra parte, la realtà è negli occhi di chi la guarda: questo non è un proverbio cinese, ma una frase tipica di Timotheus Specter, il cacciatore di fantasmi.

Al contrario della maggioranza dei londinesi, lui non era affatto sereno, anzi, era febbricitante: camminava avanti e indietro per il salotto di villa Pemberton, come volesse sfuggire alla sua stessa ombra.

Dong!, la pendola batté le nove di sera e proprio in quel momento, *Toc!*, la signora Fitzpick posò un vassoio sul tavolo: ospitava sei tazze, un bicchiere, una zuccheriera e una ciotola di biscotti di tutti i colori. La prima tazza conteneva tè con whiskey, e fu il dottor Stewart ad arraffarla. Come pattuito con Wilfrid la sera prima, quel giorno era giunto alla villa alle sei e trenta in punto per dedicarsi a un'accurata visita alla signora Pemberton. Dopodiché, si era ritirato in giardino con Tim per comunicargli i risultati del controllo: i due avevano parlottato a lungo, a voce bassa, come cospiratori che tramano un complotto. Quella che il dottore stringeva tra le mani era la sua quinta tazza di tè corretto, e a dirla tutta era già piuttosto brillo.

«Delizioso!» commentò, dopo aver ingollato il primo sorso. «Lei mi vizia, signora Fitzpick!»

«E lei si lasci viziare, dottor Stewart!» rispose Madeleine, civettuola. Poi prese a sua volta una tazza: tè inglese con aggiunta di latte freddo. «Signor Specter» continuò la donna. «Perché ci ha fatti riunire nel salone? Pensa che il fantasma verrà? Non è più apparso, e cominciavo a sperare che...»

«Non si preoccupi, Madeleine!» la interruppe Wilfrid, girando lentamente il cucchiaino. La sua tazza, naturalmente, conteneva tè allo zenzero. «Non siamo qui per assistere a un'apparizione! Se lo conosco bene, il signorino ci ha riuniti per svelarci... la soluzione del mistero!» esclamò, imitando la voce di Tim. «Sa, lui vive questo momento come una specie di spettacolo teatrale! Un monologo, a voler essere più precisi!»

«Con la differenza che la mia non sarà finzione!» puntualizzò Tim, euforico. «Infatti, ciò che rivelerò avrà conseguenze sulla realtà!» aggiunse, afferrando in corsa la quarta tazza. Lui e Wilfrid erano arrivati a villa Pemberton alle cinque: Tim si era dedicato a ulteriori studi sull'arrampicamento, poi aveva nascosto il diario di Stenton nel cassetto del tavolino del salotto e infine aveva accolto Stewart. Wilfrid era stato tutto il tempo sotto la quercia, a leggere per l'ennesima volta *Moby Dick*.

«Ma questa è camomilla!» esclamò il cacciatore di fantasmi, allibito.

«È stata una mia idea...» spiegò Madeleine. «Lei è così agitato! Inoltre, il tè non giova alla sua malattia!»

«Il giorno che vedrò Tim Specter bere camomilla il cielo avrà sostituito la terra, e viceversa!» tuonò Cassaforte, arricciandosi i baffi a manubrio. A lui spettava il bicchiere, che conteneva un'abbondante dose di whiskey invecchiato. *Glup!*, Bowbridge lo svuotò in un sorso, poi prese una tazza di tè e la porse alla Pemberton. «Tieni, Gilda. Ma bevi piano, che ti ustioni le gengive!»

«Cassaforte!» gracchiò la vecchia, afferrando l'oggetto con mani tremanti. Wilfrid rivolse all'energumeno uno sguardo livoroso. Proprio non lo sopportava.

«Neanche al manicomio criminale di Dresda ho mai visto tanti matti riuniti insieme!» disse Gideon Fitzpick, affacciandosi sulla soglia della sala. «Specter, mi spiega chi diavolo è quel bestione?» domandò poi, indicando Cassaforte con la pipa.

«Il suo nome è Archibald Bowbridge, ed è un mio fidato collaboratore!» rispose Tim, cerimonioso. «Non si lasci ingannare dalle apparenze! È laureato in medicina, sa?» mentì poi.

«Con specialistica in fratture!» aggiunse Bowbridge, sorridendo come un barracuda.

«E si può sapere a cosa dobbiamo questo salottino?» chiese il padrone di casa, camminando al centro della stanza mentre squadrava gli ospiti uno a uno.

«Ti ho preparato il tè, caro…» intervenne Madeleine.

«Grazie, tesoro, ma non è la risposta che cercavo!» ribatté Fitzpick, pur afferrando la tazza, l'ultima rimasta sul vassoio. Tè alla cannella, rigorosamente non zuccherato. «Non le sembra di esagerare, Specter? Siamo in sette, qua dentro, come i sette nani!» concluse lo psichiatra, sarcastico.

Dong!, la pendola batté le nove e mezza.

Dlin dlon!, aggiunse il campanello.

«Ed ecco Biancaneve, signor Fitzpick! Puntuale come un vero inglese!» esclamò Tim, strizzando l'occhio. «Vai ad aprire, Wilfrid!»

Il maggiordomo uscì dalla stanza, prestando attenzione a tenersi il più lontano possibile da Cassaforte. Quando rientrò, al suo seguito c'era Applepine, avvolto in un buffo cappotto a scacchi e nervoso come una teiera in ebollizione. Dimenava il suo bastone bianco con rabbia, come un vandalo uscito a spaccar vetri.

«Arthur?» sbottò Fitzpick, incredulo. «Cosa diamine ci fai qui?»

«Me lo chiedo anch'io!» grugnì il notaio, consegnando a Wilfrid il cappellaccio alla irlandese. «Ho risposto alla tua convocazione, e così ho perso il torneo di freccette!»

«Quale convocazione?» chiese Madeleine, interdetta.

«Già... Quale convocazione?» le fece coro Fitzpick, accigliato.

«Quella che mi ha consegnato il tuo amico ammalato, Gideon!» rispose Applepine, indicando Tim con il bastone.

Fitzpick fulminò con lo sguardo il cacciatore di fantasmi.

«Specter!» tuonò. «Perché ho l'impressione che lei abbia messo a segno uno dei suoi giochetti da borsaiolo?»

«Perché è vero!» rise Tim, compiaciuto. «Dovevo essere certo che il notaio partecipasse all'incontro, e così gli ho rifilato una lettere falsa! A volte, per essere svelata, la verità necessita dell'aiuto della falsità!» concluse, tronfio.

«Questo è scandaloso!» strepitò Applepine, poi si rivolse a Wilfrid: «Mi ridia il cappotto, barbagianni! Se mi sbrigo forse arriverò in tempo per la finale!».

«Lei non andrà da nessuna parte, notaio Applepine!» intervenne Tim, deciso.

«Voglio proprio vedere come riuscirà a impedirmelo, signor Cacciafantasmi!» mettendosi il cappello in testa e facendo per uscire.

Non ci riuscì, perché andò a sbattere il naso contro una superficie solida: sembrava un muro, ma non era un muro. Si trattava del petto marmoreo di Archibald Bowbridge, che ora sorrideva guardandolo dall'alto.

«E lei chi sarebbe?» domandò, inferocito. «Un orango scappato da un circo?»

«Non gli parli così, Arthur...» consigliò Madeleine, educatamente. «Il signor Bowbridge è laureato in fratture!»

«Tu rimani qui, nonnetto!» disse Cassaforte, agguantando Applepine come fosse un coniglio e girandolo in direzione della sala.

«Io vi mando tutti in galera!» farfugliò il notaio, con la voce strozzata dal cravattino.

«Tenga...» rispose Specter, porgendogli la tazza di camomilla. «Questa forse la calmerà!»

Il cacciatore di fantasmi guadagnò il centro della stanza in una piroetta, poi si guardò intorno come un imbonitore da fiera.

«E ora che ci siamo tutti, ascoltatemi con attenzione!» esclamò, teatrale. «Se vi ho riuniti qui, è per un buon motivo: sto per svelarvi perché Harold Stenton, vent'anni or sono, fu trovato impiccato per le bretelle!»

Nella stanza calò il silenzio, e tutti gli occhi puntarono verso Tim Specter.

«Partiamo da una premessa» continuò Tim. «Quando una persona defunta diventa un fantasma, lo diventa subito! Non torna dopo mesi, anni o secoli dalla dipartita: questo può accadere nei racconti di spettri, ma non nella realtà! Tuttavia, la regola conosce eccezioni: infatti, in casi rari, possono crearsi condizioni per cui un spirito sospeso venga evocato anche molto tempo dopo il termine della sua vita terrena! E questo è il caso del nostro Stenton!»

«Quali condizioni?» chiese Madeleine.

«Parlo della presenza di una forte energia all'interno di un'ambiente, che di solito si genera in seguito a eventi nefasti, in grado di spalancare le porte di mondi misteriosi! Per esempio, un fatto di sangue, o una malattia! Insomma, qualcosa di cui lo spirito possa nutrirsi per tornare. Badate bene, l'evocazione è sempre involontaria: le sedute spiritiche non sono che truffe orchestrate per prendere in giro disperati e creduloni!»

«Da che pulpito!» grugnì Fitzpick.

«Se avessi il mio fucile...» aggiunse Applepine, immobile sotto l'ombra di Cassaforte come uno gnomo sotto a un fungo.

«La domanda ora viene spontanea...» andò avanti Tim. «Cosa è successo alla villa di tanto tremendo da permettere a uno spirito sospeso di apparire?»

Il quesito risuonò per la stanza, immergendola in un palpabile senso di incertezza. I presenti si guardarono l'uno con l'altro con occhi smarriti, senza saper bene cosa pensare.

Tim afferrò il bastone con il putto di bronzo, lo fece volteggiare in aria ed esclamò: «La risposta è... Non è successo niente! O, perlomeno, non ancora! Ma per spiegarvi questa mia deduzione chiedo l'aiuto del dottor Jospeh Stewart, che ha appena eseguito un'indagine accurata sullo stato di salute di Gilda Pemberton!».

Il medico buttò giù l'ultimo sorso di tè con il whiskey, poi barcollò fino a raggiungere Tim. Applepine era tanto nervoso che vibrava come una caldaia sul punto di esplodere. Fitzpick, invece, si era chiuso in un silenzio pensoso, e assisteva alla scena con l'aria disillusa di un capitano che si è arreso all'affondamento del vascello.

«In seguito a un esame obiettivo» disse Stewart con voce stentata, «ho individuato nello stomaco di Gilda Pemberton un male incurabile, all'altezza dell'ombelico, grosso come un uovo di struzzo. Ahimè, la povera signora è destinata a un imminente decesso!».

«Struzzo?» gracchiò la vecchia, allarmata.

La sentenza del medico sollevò un certo clamore, e le voci si accavallarono indistinte come in un teatro durante l'intervallo.

Santo cielo!

Povera zia! Perché non ce ne siamo accorti, Madeleine?

Che seccatura! Addio torneo di freccette!

Tilly!

«Un momento! Andiamo con ordine!» esclamò Tim, e tutti tacquero. «Ora sapete dove Harold abbia attinto l'energia che gli serviva: per farla semplice, il male oscuro di Gilda gli ha permesso di tornare. Tuttavia, non sappiamo perché lo abbia fatto! Al contrario dei vivi, i fantasmi hanno sempre un perché!» sentenziò Tim, poi si avvicinò al camino, e una luce sinistra gli illuminò il volto. Il cacciatore di fantasmi si schiarì la voce, e parlò di nuovo: «Vi racconto una storia. Un maggiordomo serve fedelmente una vedova per più di trent'anni, finendo per innamorarsene segretamente. Un giorno la donna si ammala, e tutti, lei per prima, si convincono che la sua ora sia giunta: il maggiordomo, devastato dalla notizia, scivola in uno stato di profonda disperazione, tale da indurlo a togliersi la vita. Incredibilmente, la padrona guarisce, e anzi, vive ancora a lungo! In questo lasso di tempo, lo spirito del maggiordomo rimane sospeso in un limbo, come un boccone di zuppa incastrato nel gargarozzo, che non va su e non va giù: non essere riuscito a confessare alla donna i suoi sentimenti lo tormenta. Vent'anni più tardi, la signora si ammala ancora, questa volta senza scampo: nessuno lo sa, tranne il fantasma, che avverte l'energia negativa del male e la assorbe per materializzarsi. Lo spirito ha così l'occasione di rivedere l'amata, esprimerle i suoi sentimenti e, un domani, accompagnarla nell'aldilà! Ai vivi non rimarrà che attendere il decesso della donna: una volta avvenuto, il fantasma sparirà per sempre! Una storia piuttosto romantica, non trovate?» concluse Tim, strizzando l'occhio.

Per qualche secondo, nessuno seppe cosa dire. Fu Madeleine Fitzpick a rompere il silenzio: «Tutto qua? Mi aspettavo qualcosa di più, come dire, arzigogolato! Inoltre, se quello che dice è vero, allora cosa significa il dito di Stenton, e come mai è tanto infuriato? Il suo comportamento mi pare tutt'altro che romantico...».

«Ottime domande, signora Fitzpick!» rispose Tim, riguadagnando il centro della sala. «La risposta ai suoi dubbi è una sola: la storia che vi ho raccontato è falsa! Me la sono inventata ora, di sana pianta!» aggiunse, entusiasta.

«Fa sempre così...» spiegò Wilfrid, costernato. «Ama tenere il pubblico sulle spine!»

«La verità è un'altra, signori miei, ed è ben diversa!» disse Tim. «Molto meno poetica, e assai più fosca!»

«E allora sputi il rospo!» tuonò Applepine, che assomigliava lui stesso a un rospo. «Non ne posso più della sua commediola, Specter!»

Dong! Le dieci.

«La accontento subito, notaio!» rispose Tim, cominciando a menare il dito come lo spettro. «Stenton vuole negare qualcosa... Ma cosa? Ci ho ragionato su a lungo, arrivando all'unica conclusione possibile: con il suo gesto, il fantasma vuole comunicare di non essersi suicidato!».

«Lo avevo detto che l'hanno ammazzato!» commentò Stewart, in tono compiaciuto.

«Ma neanche questo è vero!» lo frenò Specter, deciso. Poi continuò: «Ho fatto dei sogni, ultimamente. Visioni bizzarre, che inizialmente ho faticato a interpretare, ma il cui significato ora mi appare chiaro... Le convinzioni di una persona sono come le piante rampicanti del suo studio, dottore: a volte si radicano così a fondo nella mente da non permettergli più di vedere la verità. Anche la più lampante! Che cos'è, la verità, se non un modo di vedere le cose?» domandò Tim.

«Ed ecco che ora filosofeggia...» sospirò Fitzpick, esasperato.

«Ponendomi queste domande», continuò Tim, «mi sono reso conto di un'eventualità che fino a quel momento non avevo considerato! La faccio breve: Stenton, nell'estate del 1875, aveva deciso di uccidere la signora Pemberton!».

Tutti trasalirono all'unisono, come marionette legate a un solo filo.

«Santo cielo!» disse Madeleine, scandalizzata. «E perché mai avrebbe fatto una cosa del genere? Voleva forse porre fine alle sue sofferenze?»

«Tutto il contrario, signora Fitzpick! Ma arriverò al movente soltanto dopo avervi illustrato le modalità del tentato delitto!» rispose Tim, riprendendo a passeggiare. «A quel tempo, Gilda era ancora una bella donna, e come molte belle donne curava il suo aspetto: per esempio, idratando la pelle con una lozione all'arsenico. Pare sia molto efficace, per migliorare il tono cutaneo! E anche per scoraggiare la crescita dell'edera, stando alle parole di Stenton.

Insomma, un vero elisir! A meno che non lo si ingerisca, certo: come tutti saprete, l'arsenico è un veleno molto potente, incolore e insapore, che uccide all'istante e non lascia tracce nel corpo. Insomma, lo strumento ideale per un delitto! Stenton decise quindi di usarlo per i suoi loschi scopi: il suo piano, probabilmente, prevedeva di sciogliere una dose mortale nel pasto della signora! O magari nel tè!» aggiunse Specter, indicando le tazze, e di nuovo tutti trasalirono, in un tintinnare di porcellane. *Tlin! Tlin!* «D'altra parte, i maggiordomi dispongono della vita dei principali come una bimba di quella del suo gattino cieco. Non è vero, Wilfrid?»

«Sì, signorino...» rispose il domestico, rendendosi conto per l'ennesima volta che nulla di quanto diceva Tim Specter era mai casuale.

«In casa ho rinvenuto delle boccette sferiche vuote, simili a quelle utilizzate per l'inchiostro, in cui Gideon conserva la colla dei suoi modellini...» andò avanti Tim, mentre Fitzpick imprecava a bassa voce rendendosi conto che Specter aveva violato la sua collezione. «Probabilmente è lì dentro che Gilda Pemberton teneva il veleno. E dev'essere proprio una di quelle boccette che lo spettro voleva mostrarmi durante il nostro incontro, estraendola dal taschino della giacca!»

Tutti ascoltavano Tim senza fiatare, tanto immobili da sembrare le vittime del sortilegio di uno stregone.

«Ma ora veniamo al gatto!» sentenziò Specter.

«Tilly!» gli fece eco Gilda Pemberton, che stavolta aveva capito.

«Esatto, signora... Tilly!» confermò Tim. «Una bestia formidabile, e anche un formidabile ladro! Rubava tutto ciò che la sua bocca potesse trasportare, e stando alla mia ricostruzione la sera del delitto soffiò sotto al naso di Stenton la boccetta di arsenico, per poi zompare in giardino attraverso la finestra e rifugiarsi sulla quercia!» esclamò Tim, indicando con il bastone il buio oltre i vetri.

Crack!, da lontano arrivò un tuono.

«Capirete che Stenton, per non essere scoperto, si trovò costretto a inseguirlo per riprendersi il veleno! Salì quindi sull'albero, e tentò di acciuffare l'animale!» disse Tim, guardando fuori come se potesse vedere la scena. «Tuttavia, per un uomo di ottanta chili è impossibile raggiungere i rami più lontani senza spezzarli, sono troppo sottili! L'ho verificato di persona, tramite degli studi sull'arrampicamento. Harold fu costretto a interrompere la salita, e a escogitare un piano in fretta e furia: pensò di togliersi le bretelle e usarle per prendere l'animale alla corda, come fanno gli allevatori con il bestiame. Un'idea certamente inefficace, soprattutto considerando le spaventose vibrazioni a cui è soggetta la quercia quando si cerca di lanciare un cappio… Il rischio è quello di cadere, soprattutto se si è confusi dalla paura!»

Alla parola "paura", un lampo rischiarò la stanza.

«Quindi Stenton non si uccise, né fu ucciso…» mormorò Stewart, con voce spettrale.

«Esatto, dottore! Né l'una né l'altra! La sua morte fu un incredibile incidente! Scivolò, e le bretelle gli rimasero impigliate intorno al collo, spezzandolo irrimediabilmente!» *Crack!*, un violento tuono accompagnò la frase di Tim. «Quando Gilda ritrovò il corpo e si accorse del veleno, capì subito come stavano le cose, e in rispetto alla memoria del maggiordomo si limitò a riporre l'arsenico al suo posto e, da quel giorno, si guardò bene dal dire la verità a chicchessia!»

Madeleine Fitzpick parlò con voce flebile: «Signor Specter, mi spiace porle sempre la stessa domanda, ma… Perché il fantasma vuole rivelare a Gilda di non essersi impiccato? Stando al suo ragionamento, la zia lo sa già!».

«La negazione dello spettro ha un doppio significato, Madeleine. Infatti, Stenton ha anche un secondo messaggio, che ci porta finalmente al movente del tentato avvelenamento…»

«L'eredità…» intervenne Applepine, torvo.

«Esatto, notaio… L'eredità! Stenton aveva scoperto che il testamento di Gilda non gli lasciava niente, e la notizia lo aveva sprofondato nella disperazione. Non gli sarebbe rimasto il becco di un quattrino: proprio a lui, che l'aveva servita fedelmente per tanti anni! Proprio a lui, che l'amava!»

«Tutto questo non ha senso!» grugnì Fitzpick. «Uccidere Gilda non ne avrebbe modificato le volontà! Lei sta delirando, come sempre!»

«Mi lasci finire, Gideon…» rispose Tim. «Harold non era un uomo cattivo, e di suo conto mai avrebbe pensato a compiere un delitto. Certo, a meno che qualcuno non glielo avesse messo in testa… magari assicurandogli che l'omicidio gli avrebbe permesso di accedere al patrimonio di famiglia! L'uomo a cui mi riferisco garantì al maggiordomo di poter modificare il testamento, falsificando i documenti a favore suo e di Stenton. Lo aveva fatto tante volte, nel corso della sua sciagurata carriera. Per esempio, ai danni di una certa contessa Ustinov! Un individuo privo di scrupoli, che in seguito avrebbe certamente eliminato Stenton per tenersi l'intero malloppo! Un essere abbietto, tanto malvagio da trascorrere le giornate a impallinare il suo stesso bestiame!»

Tutti i presenti si voltarono in direzione del notaio Applepine, che sgranò gli occhi come se fosse stato trafitto da uno spillone.

«Lo spettro è immensamente infuriato con quest'uomo...» continuò Tim, fissandolo intensamente negli occhi. «E sta cercando di comunicare a Gilda di non fidarsi di lui, perché una volta defunta le porterà via la sua intera fortuna. Non è vero, mister Applepine?»

Dong! La pendola batté le dieci, e sul volto del notaio si aprì un sorriso cattivo, che per un momento ricordò a Tim quello di Thaddeus Mirakola.

«Lei vaneggia, signor Cacciafantasmi...» disse, sputando le parole come tabacco masticato. «Niente di ciò che ha detto si basa sul benché minimo indizio. La sua è la storiella di un ciarlatano, il delirio di un uomo ammalato, che presto finirà sepolto insieme alle sue ossa e ai suoi stupidi fantasmi!»

Applepine si voltò verso Fitzpick per cercare complicità nel suo sguardo, ma non ne trovò. Lo psichiatra lo scrutava invece severamente, intuendo che nelle parole di Specter si celava un fondo di verità.

«Per sua informazione, notaio, non sto morendo!» esclamò Tim, dirigendosi verso il tavolo della sala. «La storia della mia malattia è una bugia inventata da Wilfrid per raggirare Madeleine e accedere al suo indirizzo senza destar sospetti!»

«Signor Jonathan, si vergogni!» sbottò Madeleine, scandalizzata.

«Ehm... A volte, per essere svelata, la verità necessita dell'aiuto della falsità...» si giustificò Wilfrid, arrossendo.

«Per quanto riguarda gli indizi, posso dirle che è sfortunato!» sentenziò Tim, aprendo il cassetto. «Non sono molti i domestici in grado di scrivere correttamente in lingua inglese, e vent'anni fa erano ancora meno. È per lei una vera disdetta che Harold Stenton, invece, si distinguesse per una perfetta padronanza di grammatica e sintassi, e avesse deciso di tenere...» Tim sollevò in aria il manoscritto. «... Un diario!»

Il sorriso diabolico svanì dal volto di Applepine, che si fece pallido come la cera.

«In queste pagine è scritta tutta la storia! Stenton racconta di come lei lo convinse a uccidere Gilda e dividere il bottino, con tanto di dettagli sul suo passato di truffatore e assassino! Ma ora è finita, Applepine... Da oggi le sue galline potranno dormire sonni tranquilli!»

Tim stava mentendo, visto che nel diario non c'era scritto niente di quanto aveva detto, o perlomeno non in modo esplicito. Tuttavia, il bluff fu sufficiente a far cadere le ultime difese del notaio.

«Maledetto...» sibilò, con voce da serpente. Poi afferrò il bastone bianco con entrambe le mani, come fosse una spada orientale, e ne ruotò la parte bassa e quella alta in direzioni diverse. *Tlac!*, il bastone scattò come una serratura, rivelando al suo interno una lama affilata che scintillò nella sala, sollevando sgomento tra i presenti.

«Santo cielo!» esclamò Madeleine, che non sapeva dir altro.

Cassaforte rimase così sorpreso che per un attimo non riuscì a reagire, e Applepine, con un movimento incredibilmente rapido, lo ferì alla mano destra, *Szock!*, aprendogli un vistoso taglio sul palmo.

«La mia mano! La mia preziosa mano!» esclamò Archibald Bowbridge, con la voce squillante di una zitella che ha visto un topo. Applepine, che era alto come un portaombrelli ma agile come una pallina da cricket, ne approfittò per sgattaiolare sotto alle gambe dell'energumeno, in direzione del corridoio.

«Lo fermi, Fitzpick!» esclamò Tim Specter. Lo psichiatra tentò goffamente il placcaggio, ottenendo l'unico risultato di ingoiare per metà la sua pipa. Il notaio zompò fuori dalla stanza, e si poterono sentire i suoi passi da criceto picchettare verso l'ingresso.

«Santo cielo!» ripeté Madeleine. «Fermatelo!»

Tim si lanciò come una molla all'inseguimento, ma non appena aprì la porta della sala fu investito da una luce impressionante, che lo scaraventò all'indietro come il getto d'aria sollevato da una bomba. Rotolando sul tappeto, mentre non capiva più dove fosse il cielo e dove la terra, Specter realizzò che sull'ingresso della villa, a sbarrare la strada al fuggiasco, era appena apparso lo spettro di Harold Stenton.

«Ti prego… Non uccidermi!» belò Applepine, dal corridoio. Tim si rialzò, e insieme agli altri si affacciò dalla porta. Solo lui e Madeleine, oltre al fuggiasco, lo poterono vedere: lo spettro si era fatto gigantesco, alto almeno cinque metri, e per non sbattere sul soffitto doveva stare rannicchiato: incombeva su Applepine come un avvoltoio affamato che ha trovato la sua preda, illuminandolo con la luce infernale dei suoi occhi. Faceva paura.

«Ti prego… Non uccidermi! Mi pento di tutto, Harold!» balbettò il notaio, e avvertendo la sua paura Stenton esplose in una risata raggelante, che risuonò per tutte le stanze.

«Santo cielo!» gridò Madeleine, tremando da capo a piedi.

«Perché Applepine si è inginocchiato?» chiese Fitzpick, che non vedeva niente.

«Pare che il notaio sia in grado di muovere le orecchie, signore…» rispose Wilfrid.

«La mia povera mano…» bofonchiò Cassaforte, analizzando la ferita.

«Per san Palladio, quanto è cresciuto!» sentenziò Tim, con gli occhi puntati sul fantasma.

Lo spettro, sentendone la voce, si voltò di scatto verso Specter: smise di ridere, e ancora una volta sollevò la mano, prendendo a scuotere l'enorme indice, prima a destra e poi a sinistra. Tim pensò che quello fosse il suo saluto, e ricambiò con un cenno della mano.

«Grazie, Harold...» sussurrò Tim. «Ora potrai riposare in pace...»

La luce rossa degli occhi di Stenton si spense, lasciando spazio a due buchi vuoti, che sembravano tane di pipistrelli. Poi lo spettro sparì piano, come una notte rischiarata dall'alba. Neanche un minuto dopo, sul corridoio c'era soltanto il notaio Applepine.

Ma ecco che d'improvviso la porta dell'ingresso si spalancò, *Slam!*, rivelando una figura magra avvolta in un mantello nero, ferma in controluce sul temporale. Ancora una volta tutti trasalirono, tranne Tim, che indovinò subito l'identità del nuovo ospite.

«Corvetto!» esclamò, correndogli incontro in una piroetta.

«Ho sentito un gran trambusto, mister!» rispose il vetturino, facendosi avanti. «Mi sono preoccupato, mister!»

Madeleine azionò l'illuminazione elettrica nell'ingresso, *Clic!*, e la nuova luce sembrò riportare la calma tra gli ospiti.

«Wilfrid! Che ne dici di andare con Corvetto ad assicurare lo sparagalline alla giustizia?» domandò Tim.

«Lei non viene, signorino?» chiese il maggiordomo.

«Come sai, non amo rapportarmi con i ragazzi di Scotland Yard, e inoltre sono già stanco di farmi scorrazzare con una vettura! Ma non temere: dopo ciò che ha visto, il notaio confesserà anche di quella volta che da piccolo rubò la marmellata a casa della nonna!»

«Era davvero tanto spaventoso?» chiese il maggiordomo.

«Non puoi immaginare quanto! Grosso come una delle tue balene, Dorothy!» rispose Tim, e Wilfrid sbuffò, visto che si offendeva ogni volta.

Madeleine, ancora scossa, si fece incontro al marito, che invece pareva semplicemente confuso.

«Visto che è l'ora delle confessioni, devo dirti una cosa, Gideon!» esclamò la donna. «Io e il maggiore Redgrave ci amiamo, e presto andrò a vivere con lui in Egitto!»

Lo psichiatra rimase a bocca aperta e, *Tlunk!*, la pipa cadde sul pavimento in un tonfo sordo. Poi il volto si fece rosso, e l'espressione furibonda.

«Io ti rovino, scostumata!» urlò, andando incontro alla moglie con la mano alta, pronto a rifilarle un ceffone.

Scrock!, Cassaforte lo fermò con una gomitata, e Fitzpick stramazzò al tappeto privo di sensi.

«Alla fine gliel'ho rotto, il dannato naso!» esclamò Bowbridge, che si teneva ancora la mano, ma aveva ritrovato il suo smalto.

«Sì, pare proprio rotto!» commentò Stewart, dopo un rapido esame obiettivo.

«Cassaforte!» strepitò Gilda, che si era alzata e, *Toc! Toc!*, aveva raggiunto il corridoio. Archibald le sorrise, poi la strinse tra gli enormi braccioni.

«Mi mancherà, signora Pemberton!» le disse poi. «Lei è davvero una nonnetta deliziosa!»

«Che scena commovente...» disse Tim. «Non ti fa piangere, Wilfrid?»

«Certo...» rispose il maggiordomo, scrutando Bowbridge con rabbia. «Come il vetriolo, signorino!» Poi aiutò Corvetto a trascinare Applepine verso l'uscita.

Crack!, fece il cielo di Londra, e a Tim Specter quella parve la più sublime delle armonie. Si toccò la cicatrice, assicurandosi così di essere sveglio, poi fece roteare il bastone e si guardò intorno sorridendo.

In barba a qualsiasi proverbio cinese, per il cacciatore di fantasmi la massima soddisfazione non coincideva con la fine di un tormento, ma con la consapevolezza di aver appena svelato un mistero.

CAPITOLO 17

LA STATUA DELL'ELEFANTE

Nelle settimane che seguirono la notte a villa Pemberton, gli eventi si susseguirono come accade nell'epilogo delle storie. Tim riprese a condurre la vita di sempre, passando i giorni a rincorrere spettri e le sere ad affogare i cattivi ricordi nei bicchieri del *Black Owl*. Senza dimenticare i battibecchi con Wilfrid, visto che quelli non mancavano mai. Madeleine, armata di un bagaglio che comprendeva pochi vestiti leggeri e un racchetta da tennis, partì per l'Egitto con il maggiore Redgrave, abbandonando Gideon Fitzpick. Arthur Applepine, in una dichiarazione firmata di venticinque pagine manoscritte, confessò tutti i crimini perpetrati nel corso della sua carriera truffaldina, che andavano dal raggiro alla contraffazione di documenti, dal furto con scasso al vero e proprio delitto. Fu condannato a trent'anni di detenzione da scontare presso il carcere di Newgate, probabilmente in una cella non troppo distante da quella del dottor Mirakola. Di lui non si seppe più niente. Corvetto MacKenzie, con l'aiuto di Tim, fu assunto dal dottor Stewart come vetturino privato. Il medico dichiarò di averlo ingaggiato perché la sua artrite non gli permetteva più di camminare, ma la verità era un'altra: il medico si sentiva disperatamente solo, e desiderava che qualcuno gli tenesse compagnia. Corvetto si rivelò adatto allo scopo, visto come riusciva a parlare e stare zitto con perfetto tempismo. Inoltre, era un ottimo cocchiere, cosa che non guastava. L'assassino dell'orologio riprese a compiere i suoi delitti, riportando nel cuore dei londinesi la paura per i vicoli bui e i solai scricchiolanti. Nel giro di un mese le sue vittime salirono a diciotto, e i giornali lo incoronarono come il maniaco più feroce di tutta l'epoca vittoriana: un primato non da poco, se si considera che la regina occupava il trono da più di mezzo secolo. Il fantasma di Stenton ricomparve alla villa quasi tutte le sere, continuando a scuotere il dito insanguinato e a far luccicare gli occhi da rapace: tuttavia, ora che i motivi della sua presenza sembravano chiari, non spaventava più nessuno. Questo perché un fantasma senza mistero perde tutto il suo fascino, esattamente come un numero di magia quando viene svelato il trucco. Gilda Pemberton, dal canto suo, si fece gialla come un limone, e fragile come lo stelo di una margherita. Non smise mai di chiamare il suo Tilly, ma il gatto, che come detto era morto da oltre quindici anni, non rispose mai all'invito.

Insomma, tutto andò avanti, nel bene e nel male, come vanno avanti le faccende degli uomini, e per qualche tempo Timotheus

Specter fu convinto di essersi per sempre lasciato alle spalle il caso del maggiordomo impiccato.

Due mesi più tardi, che si era già in gennaio, il cacciatore di fantasmi, accompagnato da Wilfrid, si recò a Sydenham Hill per far visita all'Esposizione Universale, la celebre mostra di novità tecnologiche, industriali e artistiche provenienti da tutto il mondo. Se si considerano anche i granducati, i principati e le colonie inglesi, alla manifestazione partecipavano oltre sessanta nazioni.

Tim si era ritrovato nel taschino i due biglietti avuti in omaggio dal direttore del museo egizio in cambio della liberazione dallo spettro dello scriba, e così aveva avuto l'idea per una scampagnata domenicale.

La mostra si teneva all'interno di una gigantesca costruzione in vetro e in ferro, nota come il Crystal Palace: un edificio dalla storia particolare, su cui è il caso di spendere due parole. In origine, nel 1851, era stato edificato ad Hyde Park, per accogliere la prima edizione mondiale dell'Esposizione. Una volta servito allo scopo, il Crystal Palace, troppo ingombrante per restare in pieno centro, era stato smontato pezzo per pezzo e riassemblato otto miglia a sud, in aperta campagna. A Sydenham Hill, per l'appunto. Un lavoro impressionante, che solo la sapiente direzione di Joseph Paxton, esperto costruttore di serre, aveva saputo portare a termine nei tempi stabiliti. A conti fatti, il Crystal Palace assomigliava proprio a una serra, con la differenza che era grande come la piramide di Cheope, se vogliamo restare in tema egizio.

«La gente è strana, Wilfrid!» sentenziò Tim, scarpinando

sull'ampio viale che portava all'ingresso del palazzo. «Accetta senza batter ciglio che un mostro del genere venga spostato di otto miglia e si fa problemi a credere ai fantasmi! Assurdo, non trovi?»

«Mai quanto la sua decisione di abbandonare la carrozza e farci tutto il parco a piedi, signorino! Sono due miglia!» replicò il maggiordomo, mentre si sfregava le mani nel tentativo di scaldarle. Faceva freddo, quella mattina. Un freddo mortale.

«Se ce la siamo fatta a piedi è perché abbiamo un obiettivo!» rispose Tim, osservando con attenzione la vegetazione circostante.

«Morire assiderati, forse?» chiese Wilfrid, sarcastico, poi si aggiustò la sciarpa di lana intorno al collo e, *Brrr!*, rabbrividì.

«Niente affatto, vecchio mio!» esclamò Tim, che era giunto all'ingresso e stava porgendo i biglietti all'usciere. «Dovevo controllare una cosetta! Sono settimane che in città corre voce che il parco sia infestato dal fantasma di un gatto brasiliano, arrivato in Inghilterra al seguito di una delegazione del Sudamerica! Ovviamente, si tratta di una fandonia, visto che le bestie non generano fantasmi! Tuttavia, con la scusa della visita all'Esposizione, ho pensato di dare un'occhiata di persona!»

«Un gatto brasiliano?» domandò Wilfrid, allibito, scansando dame e damerini per star dietro a Specter.

«Si tratta di una razza di puma molto rara!» spiegò Tim, cominciando ad avanzare con noncuranza fra i padiglioni della mostra. «Pensa che l'esemplare più piccolo misura due metri e mezzo, coda esclusa! In passato, nelle colonie, qualcuno tentò di usarli per trainare le carrozze, finendo sbranato come una polpetta! Sono feroci, i gatti brasiliani!»

L'edificio brulicava di visitatori, ma in pochi, tra loro, erano davvero interessati alla mostra. L'Esposizione veniva considerata più che altro un evento mondano, a cui ogni buon membro della borghesia inglese era chiamato a partecipare. Nei padiglioni c'era di tutto: locomotive a vapore, batterie elettriche grandi come incrociatori, prototipi di macchine per riprodurre le immagini in movimento, e poi velivoli, installazioni artistiche, carrozze a motore, mostre fotografiche, perfino mongolfiere pronte alla partenza! Ma il pezzo più curioso era l'enorme riproduzione di un elefante, che svettava imperiosa di fianco al padiglione dell'Etiopia, sovrastando l'intero salone. Era alta dieci metri, e bianca come il marmo in cui era stata scolpita. La reale particolarità della statua era che non si trattava di una semplice scultura, ma di un orologio. Una pendola, a voler essere precisi. Infatti, la gigantesca proboscide ondeggiava a sinistra e a destra, compiendo una traiettoria tanto ampia da rischiare, a ogni oscillazione, di decapitare qualche visitatore poco accorto, o perlomeno di cavargli il cappello dalla testa. Sulla fronte dell'animale, come un terzo occhio, campeggiava il quadrante con le lancette, le quali, scattando, mandavano colpi assordanti. Intorno alla statua si era radunata una vera e propria folla, che osservava il mostruoso elefante con stupore e riverenza, come si trattasse di una divinità antica.

«Va indietro di due minuti...» si limitò a commentare Tim Specter, controllando sul suo orologio da taschino. «Tanto affanno per costruire un simile bestione, e poi segna l'ora sbagliata! Non lo trovi significativo, vecchio mio?»

«Certo, è impressionante...» replicò Wilfrid. «Roba da far impallidire anche il suo gatto brasiliano!» aggiunse il maggiordomo, con il naso puntato all'insù.

Su questa frase, Tim Specter, che osservava l'andirivieni della proboscide con sguardo rapito, si irrigidì come un paletto, colpito da un'intuizione folgorante. In un rapido accostamento di pensieri, la faccenda del maggiordomo impiccato era riemersa nella sua mente, con la forza di un fiume in piena che travalica gli argini e si riversa per le strade della città e investe ogni cosa.

«Il gatto... Il dito... Un modo di vedere le cose...» mormorò, con voce da sonnambulo. Poi si rianimò di colpo, e sgranò gli occhi come un tacchino impallinato. «Come ho potuto essere tanto stupido?» esclamò, colpendosi la fronte con il putto di bronzo.

«Tutto bene, signorino?» domandò Wilfrid, che guardava ancora l'elefante ma già temeva il peggio.

«Ho sbagliato tutto!» urlò Tim in un balzo, poi prese a divincolarsi tra la folla in direzione dell'uscita.

«Si può sapere dove sta andando?» domandò Wilfrid, mettendosi all'inseguimento. «Permesso! Permesso!» bofonchiava il maggiordomo, facendosi largo tra i visitatori.

«Credo di aver risolto il caso!» sentenziò Tim, da un punto imprecisato del salone.

«Quale caso?» ansimò Wilfrid, che ovviamente non poteva capire.

«Tutti i casi!» rispose Tim, piroettando dinnanzi al padiglione della Prussia.

«Oh, santo cielo...» sospirò Wilfrid, che sbatteva da tutte le parti come un ubriaco.

DONG!, fece l'enorme pendola dell'elefante, visto che si era giunti all'una in punto, e il rintocco riverberò per il salone con la forza di un colpo di cannone, lasciando senza fiato i visitatori e facendo vibrare le vetrate del palazzo di cristallo.

«Perfetto! Siamo svegli!» esclamò Tim Specter, toccandosi la cicatrice mentre saliva su una delle vetture posteggiate nel parco. «Ci riporti a Londra! Immediatamente! È questione di vita o di morte! Soprattutto di morte!» esclamò il cacciatore di fantasmi rivolto al cocchiere, che immediatamente vibrò un colpo di frusta sul posteriore dei ronzini.

Clock! Clock!, fecero gli zoccoli, sollevando la polvere del vialone.

«Signorino, abbia pietà!» farfugliò Wilfrid, aggrappandosi in corsa alla carrozza. «Si può sapere dove stiamo andando?» domandò poi, con le basette che svolazzavano nel vento come due aquiloni attorcigliati.

«A villa Pemberton, vecchio mio!» rispose Tim, che si era accomodato compostamente sul seggiolino della vettura e osservava il maggiordomo annaspare oltre il finestrino. «E questa volta la faremo finita per davvero!» aggiunse, in tono deciso.

La carrozza si allontanò dal Crystal Palace sobbalzando, mentre il cielo si andava coprendo di nuvole nere come il carbone.

Il caso del maggiordomo impiccato era di nuovo aperto.

CAPITOLO 18

LA NOTTE DEI CENTO FUOCHI

Il termine "incendio" evoca nella fantasia delle persone l'immagine di folli piromani e temibili cospiratori, o quella di bombardamenti e vulcani in eruzione. Oppure, ancora, di foreste bruciate per un mozzicone caduto accidentalmente, o di barili di polvere da sparo centrati da un colpo di pistola. Non tutti sanno che, invece, la maggior parte dei fuochi sono generati dai fulmini, che colpendo le antenne, le torri, gli alberi e i granai di tutto il mondo accendono più falò di quanto non siano in grado di fare guerre e attentati messi insieme.

Se si pensa che i fulmini sono spesso portati dagli acquazzoni, è curioso constatare come la massima probabilità di un incendio si abbia nel corso di una tempesta e quindi, a conti fatti, acqua e fuoco non siano che le due facce di una stessa medaglia.

La notte in cui Tim Specter rientrò da Sydenham Hill, che è poi la stessa notte in cui la faccenda del maggiordomo impiccato volse al suo definitivo epilogo, su Londra si abbatté un temporale tanto violento da causare ben ventiquattro incendi. L'evento atmosferico fu ricordato a lungo, passando alla storia come "La notte dei cento fuochi".

Ma questo Tim Specter e Jonathan Wilfrid non potevano saperlo, quando la vettura su cui viaggiavano si fermò davanti a villa Pemberton. Infatti, il cielo aveva appena cominciato a gocciare, e i lampi erano ancora bagliori lontani.

«Hai con te la rivoltella?» domandò Tim, scendendo dalla carrozza in un solo balzo.

«Sì, signorino...» rispose Wilfrid, teso, dopo aver controllato sotto la giacca. «È proprio sicuro che debba tenerla io?»

«Ma certo!» esclamò Tim, allungando due sterline al cocchiere. «Chi mai si aspetterebbe che un vecchietto nasconda una sputafuoco nella cintura?»

«Oh, santo cielo! Non mi dica che dovrò ammazzare qualcuno!» domandò Wilfrid, scandalizzato, mentre Tim zompava verso il lato opposto della strada. *Ciaff! Ciaff!*

«Solo le persone senza fantasia usano le pistole per sparare!» disse il cacciatore di fantasmi, osservando la carrozza che si allontanava per la strada deserta. «Quando sarà il momento, saprai come agire! Sempre che nel frattempo tu non ti apra inavvertitamente un buco nel piede, certo!»

«Sarebbe una benedizione!» commentò Wilfrid, immaginandosi tra le calde coperte di un letto di ospedale, al riparo da pioggia, fulmini e rivoltelle. «Signorino, siamo passati a casa a prendere la pistola, ma continuo a ignorarne il motivo. Perché mi tiene sempre all'oscuro di tutto?» domandò il maggiordomo, raggiungendo Tim in cima alle scalette.

«Dovresti ringraziarmi! Ignorare i fatti mette al sicuro dai colpi di testa! Fidati, la tua inconsapevolezza ti pone in una situazione di vantaggio!»

«Sarà...» commentò Wilfrid, per niente convinto. «Ci terrei solo a ricordarle che l'ultima volta ho quasi ucciso una vecchietta!»

A vederli spalla a spalla davanti all'ingresso di villa Pemberton, i due si sarebbero detti i rappresentanti di qualche ente di carità a caccia di fondi. Non era così: Specter e Wilfrid non rappresentavano altro che loro stessi, e se c'era in ballo una caccia, beh, era esclusivo appannaggio degli spettri.

Tim sollevò il bastone, e bussò con forza. *Toc! Toc!*

«Questa volta ci siamo...» commentò poi, elettrizzato. «Fidati, vecchio mio, non crederai alle tue orecchie! Quella che svelerò stasera è senza ombra di dubbio...»

«... La soluzione del mistero!» lo interruppe Wilfrid, in un'abile imitazione.

Un lampo illuminò l'orizzonte, e alla periferia della città divampò il primo dei ventiquattro incendi di quella notte disperata. Ma Tim e Wilfrid non potevano sapere neanche questo. *Crack!*, dopo il lampo, il tuono. *Gneeeek!*, la porta si aprì, rivelando l'inconfondibile figura di Gideon Fitzpick, avvolto nella sua vestaglia di seta e sorridente come non mai.

«Signor Specter! Signor Wilfrid! Ma che sorpresa!» esclamò lo psichiatra, mostrando la dentatura gialla. «Sono contento che siate venuti a farmi visita! Entrate!» aggiunse, poi ciabattò verso la sala. Tim e il maggiordomo restarono inchiodati allo zerbino: tutto si sarebbero aspettati, tranne un'accoglienza calorosa.

«Pensa che sia una trappola, signorino?» domandò Wilfrid. «I cattivi che di colpo diventano buoni mi rendono irrequieto!»

«Staremo a vedere...» rispose Tim, poi finalmente varcò la soglia, e il calore di villa Pemberton lo investì come un profumo inebriante. La casa era in perfetto ordine, anche più di quanto non lo fosse prima della partenza di Madeleine.

«Lei è un ottimo padrone di casa, Fitzpick!» commentò Tim guardandosi intorno. «Addirittura meglio della mia Dorothy!» aggiunse, indicando Wilfrid con il putto di bronzo.

«Si ricordi che ho una pistola, signorino...» puntualizzò il maggiordomo, senza essere udito dallo psichiatra. «Provi ancora una volta a chiamarmi Dorothy e giuro che le sparo!»

«La mia accoglienza benevola vi avrà spiazzato!» riprese Fitzpick. «Ma sapete com'è, Specter, quando si rimane soli a lungo si finiscono per rimpiangere anche le peggiori canaglie!» concluse, scoppiando a ridere.

«Ora lo riconosco...» commentò Wilfrid, rincuorato.

Clic!, la luce elettrica illuminò la sala di un giallo acceso.

«Lei non è solo! Ha sua zia!» disse Tim, indicando Gilda Pemberton, che dormiva sul divano come un faraone nel sarcofago. La vecchia era così malmessa che pareva essersi accorciata di venti centimetri buoni, a meno che qualcuno fosse entrato nottetempo per sostituire il divano con un altro più grande. «Ma questo è improbabile!», avrebbe commentato Tim, se mai qualcuno avesse sollevato la questione.

«Tzè, mia zia...» commento Fitzpick, mentre, *Puff! Puff!*, le nuvolette cominciavano a salire dalla pipa. «Poveretta! Ha addirittura smesso di chiamare il gatto!»

«Tilly...» sussurrò l'anziana nel dormiveglia, con un filo di voce.

«Almeno da sveglia...» puntualizzò lo psichiatra, punto sul vivo.

«Se posso permettermi un'osservazione», disse Tim, «noto con piacere come la partenza di Madeleine non abbia scalfito il suo temperamento! Anzi, in tutta onestà, penso di non averla mai vista tanto allegro!».

«Proprio così!» esclamò Fitzpick, mettendosi sulla poltrona in una posa così artefatta che pareva dovesse farsi fare un ritratto. «Con il passare degli anni, il matrimonio con Madeleine aveva addormentato il mio intelletto! Ora che sono libero, ho riscoperto l'amore per il mio lavoro, per l'insegnamento, per la lettura, e guardo al mondo con rinnovata curiosità! Un po' come lei, Specter, ma senza la parte idiota!»

«Non sa cosa si perde, Fitzpick! La parte idiota è la migliore!» replicò Tim, strizzando l'occhio. «E a proposito di curiosità, sono certo che vorrà sapere il motivo della nostra visita notturna!»

«E io sono certo che me lo dirà senza il bisogno che io lo domandi! Quindi, perché sprecare fiato?» ribatté lo psichiatra.

Wilfrid, che a differenza degli altri non era certo di alcunché, si portò una mano sotto la giacca per controllare di nuovo che la pistola fosse al suo posto. C'era, ma la cosa non lo rassicurò affatto. Nella lista infinita delle cose che lo terrorizzavano, le armi da fuoco erano posizionate al secondo posto, appena dietro ai fantasmi.

«E perché sprecare tempo?» aggiunse Tim, che dello sprecare tempo e fiato aveva fatto uno stile di vita. «Se abbiamo sfidato la tempesta per arrivare a villa Pemberton è perché ho intenzione di raccontarle una storia! Ha anche un titolo: *Il chiodo misterioso del castello degli Specter*!»

Su questa frase, a sole tre miglia da lì, il secondo dei ventiquattro incendi che avrebbero caratterizzato "La notte dei cento fuochi" divampò sul comignolo di una villetta.

«Si tratta di un altro dei suoi raccontini del terrore?» domandò Fitzpick, sarcastico. «Tutto qui? Davvero non poteva attendere fino a domani mattina?»

«È quello che ho detto anch'io!» borbottò Wilfrid, tra sé e sé.

«Non si tratta di una storia che può attendere fino a domani mattina!» puntualizzò Tim, deciso. «E neanche di un raccontino del terrore, ma di un episodio legato alla mia infanzia, utile a introdurre quanto dovrò dirle in seguito. Vede, io sono cresciuto nelle Highlands scozzesi, in un castello che appartiene alla mia famiglia da sempre! Durante l'infanzia, un piccolo enigma accompagnò le giornate trascorse a giocare ai piedi della costruzione. Il mistero era rappresentato da un chiodo gigantesco, lungo come un braccio e largo quanto il manico di un ombrello, affisso proprio al centro della facciata del maniero e circondato da un grande cerchio scolpito nella pietra. Ero solo un bambino, e vedevo le cose in modo semplice: così passai anni a domandarmi perché a quell'enorme chiodo non fosse stato appeso un enorme quadro, o qualcos'altro di enorme. Mio padre, che amava scherzare, mi raccontò che quello non era un chiodo, ma un perno magico, che i giganti delle colline avevano puntellato sulla facciata per essere sicuri che l'edificio non crollasse. "Se qualcuno dovesse toglierlo", mi disse, "la nostra dimora si sbriciolerebbe come un biscotto secco!". Naturalmente, non gli credetti. Ero un bambino, mica un fesso! Tuttavia, la faccenda del chiodo non smise di assillarmi. Perché i miei antenati lo avevano messo lì? Mi sembrava una follia! Quand'ecco che un giorno, studiando nella biblioteca degli Specter, mi imbattei in un'antica illustrazione, raffigurante un edificio che presentava la stessa caratteristica del nostro: un chiodo sulla facciata! All'improvviso, la soluzione dell'enigma mi parve lampante, e per la prima volta in vita mia provai l'eccitante, magnifica sensazione di giungere alla...»

«... Soluzione del mistero!» intervenne Wilfrid, nella proverbiale imitazione.

Flash! Un lampo. *Crack!* Un tuono. Poi un incendio, chissà dove.

«Esatto!» esclamò Tim Specter. «La soluzione del mistero! Realizzai che il puntello non era affatto un chiodo, e neanche il perno magico dei giganti delle colline! Era una meridiana, una semplice meridiana! Lei sa cos'è una meridiana, Fitzpick?»

«Me lo sta chiedendo sul serio?» rispose lo psichiatra, offeso. «Io sono laureato! Crede davvero che non sappia che cos'è una meridiana?»

«Suvvia, non la prenda sul personale!» minimizzò Tim. «Era soltanto una domanda retorica, utile a far salire la suspense!»

«La meridiana è un orologio!» tagliò corto Wilfrid, che detestava la suspense.

«Precisamente! La meridiana è l'antenato degli orologi!» confermò Tim. «Fin dall'antico Egitto, veniva usata per misurare il tempo, attraverso la lettura dell'ombra mandata dall'incidenza tra la luce solare e il perno. Ma non vorrei annoiarla con discorsi tecnici, Fitzpick...»

«Troppo tardi!» commentò lo psichiatra, sbadigliando.

«Quello che conta...», andò avanti Tim, «è che la meridiana è un orologio! E sa quand'è che l'episodio del chiodo misterioso è riaffiorato dalla mia memoria?».

«Forse quando ha svuotato il decimo bicchiere di whiskey?» chiese Fitzpick, mordendo la pipa.

«Niente affatto!» ribatté Specter. «È successo a Sydenham Hill, all'Esposizione Universale, mentre osservavo l'immensa statua di un elefante, che, proprio come il chiodo del castello, era in realtà un orologio! Una pendola, per la precisione!»

«Non credo alle mie orecchie!» sbraitò il padrone di casa, scoppiando a ridere. «La statua di un elefante! Siamo al delirio totale!»

«Forse, Fitzpick, forse...» mormorò Tim. «Ma mi ascolti con attenzione... Durante la mia indagine sul fantasma, ho frainteso ogni singolo indizio in cui mi sono imbattuto, arrivando a una soluzione errata, lontanissima dalla realtà dei fatti! E questo è successo per un semplice motivo: pensavo di osservare un chiodo, e invece davanti a me c'era una meridiana!»

Crack! Un nuovo tuono, che seguì un nuovo lampo, e il quarto incendio divampò su Pratt Street, ad appena quattro isolati dalla villa.

«Il punto di vista attraverso cui si osserva un evento», continuò Tim, «finisce immancabilmente per modificare l'evento stesso, arrivando a trasformare una pendola in un elefante, o addirittura il sole in un limone!»

«Oh, cielo! E adesso che c'entrano i limoni?» domandò Fitzpick, esasperato.

«Mi riferisco a un incubo ricorrente che feci nei giorni dell'indagine...» ricordò Tim. «Sul momento lo reputai privo di senso, e solo adesso capisco che in realtà si trattava del primo indizio sul caso, suggerito nientemeno che dal mio subconscio! La visione voleva suggerirmi un errore di approccio, ma ero troppo preso a scandagliare il passato di Harold Stenton per accorgermene!»

«Abbia pietà di me, Specter, e arrivi al punto!» implorò Fitzpick.

«Il punto è semplice...» mormorò Tim, e il quinto incendio divampò su Cotton Road. «Pensavo di inseguire il mistero di un fantasma, e invece, senza saperlo, indagavo su una serie di delitti! I delitti dell'assassino dell'orologio!»

Wilfrid strabuzzò gli occhi come una civetta, poi fece un tale balzo sul divano da rischiare sul serio di spararsi in una gamba. «Santi numi!» esclamò, e sia i santi che i numi risposero al richiamo attraverso una serie di tuoni violentissimi.

«Che mirabile colpo di scena!» commentò Fitzpick, con il volto immerso nel fumo della pipa. «L'assassino dell'orologio... Addirittura! C'è da ammettere che lei è dotato di una fantasia sfrenata!

E mi dica, quale altra allucinazione l'ha spinta a pensare una simile fandonia? Forse una scimmia che mangia una banana? Sono proprio curioso!»

«Anch'io sono curioso, signorino!» aggiunse Wilfrid, entusiasta. Erano mesi che attendeva che Tim si occupasse del caso.

«E allora passiamo al secondo indizio, arrivato dalla voce di Gilda Pemberton!» disse Tim, indicando l'anziana. «"Tic e poi toc", ripeté più volte nel corso della mia prima visita alla villa. Ipotizzai che avesse sentito quelle parole da lei, Fitzpick, che le usava per descrivere il gioco del tennis, e le stesse ripetendo a pappagallo. E invece no! Ancora un volta, commisi un errore di valutazione, scambiando una meridiana per un chiodo! Quello di Gilda era un suggerimento, che si riferiva a un suono: per la precisione, il ticchettio delle lancette di un orologio da taschino!»

«Tic e poi toc...» bofonchiò l'anziana, nel sonno.

«E questo ci porta al terzo indizio... Il dito indice di Harold Stenton!» sentenziò Tim, e in quello stesso istante, a mezzo miglio da lì, un fulmine incenerì il tetto di un panificio. «Avevo dato per scontato che lo spettro stesse negando qualcosa... D'altra parte, ne eravamo convinti tutti! Beh, non era così, perché quello che Harold imitava con il dito era il movimento di una lancetta!»

Crack! Un tuono, profondo come l'urlo di un mostro.

«Il fantasma non stava negando alcunché!» proseguì Tim. «La stretta delle bretelle lo aveva privato della voce, e il suo gesto muto era un tentativo di mettermi sulla strada giusta! Inoltre, durante il nostro primo incontro, Harold fu in procinto di estrarre qualcosa dalla tasca interna della giacca. Un oggetto circolare, che nel buio non riuscii a distinguere. Ebbene, ora so di cosa si trattava: non si trattava della boccetta per l'arsenico, ma un orologio da taschino!»

Scoppiò un nono incendio, poi subito un decimo, entrambi vicinissimi a villa Pemberton.

«Perdoni l'interruzione, signorino...» intervenne Wilfrid, alzando la mano come uno scolaretto diligente. «Ma il suo ragionamento mi lascia perplesso! Perché mai un maggiordomo morto da quindici anni dovrebbe interessarsi alla cronaca nera?»

«Domanda pertinente, Dorothy!» esclamò Tim. «Credo di aver ripetuto allo sfinimento le circostanze che possono portare all'evocazione di uno spirito: eventi luttuosi, malattie, depressioni, ma anche, e soprattutto, fatti di sangue! Ebbene, lo spettro è stato evocato per pura coincidenza, sebbene io non creda alle coincidenze. Secondo la mia ricostruzione, l'assassino ha compiuto uno dei suoi delitti tra queste mura, evocando involontariamente il fantasma, richiamato dal fatto di sangue! Lo spettro, rendendosi conto dell'accaduto, ha cercato di avvertire l'anziana Gilda del pericolo, magari per redimersi dal tentato avvelenamento del 1875, o forse semplicemente perché ne era ancora innamorato! Gli spettri sono degli inguaribili sentimentali, non dimentichiamolo mai!»

Intanto, Fitzpick si era alzato dal divano, raggiungendo il camino. Sul suo volto non c'erano più tracce di ironia o sarcasmo: l'espressione si era fatta torva come quella di un becchino.

«Specter!» grugnì. «Lei arriva qui a tarda sera senza essere stato invitato, e inizia a vaneggiare su incubi e apparizioni, cercando di collegare le sue sciocche fantasie a fatti incresciosi come i delitti dell'orologio. Infine, non contento, ipotizza che qualcuno sia stato ammazzato in questa casa! Sa che cos'è, lei? Lei è un piccolo pidocchio irrispettoso, e in tutta onestà mi ha davvero stancato! Ha qualche prova concreta da apportare alle sue idee strampalate, a parte elefanti, chiodi e limoni?»

«Ma certo!» ribatté Tim. «Ogni soluzione del mistero che si rispetti prevede una prova decisiva, e si dà il caso che io ce l'abbia! Netta, cristallina, inconfutabile! E si trova esattamente...» Il cacciatore di fantasmi scostò con il bastone la tenda sul fondo della sala, rivelando la porta misteriosa. «... Qua dietro!»

«Maledetto impiccione!» esclamò lo psichiatra, mordedo la pipa come se la volesse frantumare.

«Signorino, sono confuso...» intervenne Wilfrid, arricciandosi le basette. «Lei davvero sostiene che l'assassino sia penetrato a villa Pemberton con una delle vittime, l'abbia uccisa, e infine si sia preoccupato di ripulire tutto e trasportare il corpo in qualche vicolo di Londra?»

«Niente di tanto arzigogolato, vecchio tricheco!» rispose Tim. «Il colpevole poté cancellare le prove in tutta calma e, soprattutto, era in possesso delle chiavi dell'abitazione! E questo per un semplice motivo: il maniaco abita qui, a villa Pemberton!»

Un nuovo lampo, un nuovo tuono, un nuovo incendio. Lo sguardo di Tim incrociò quello di Fitzpick, e i due si osservarono in silenzio per un tempo che parve interminabile.

«Caro Wilfrid...» riprese infine Specter, indicando lo psichiatra con il putto di bronzo. «Che tu ci creda o meno, l'assassino dell'orologio, colpevole di diciotto efferati delitti e definito dalla stampa come "il maniaco più feroce dei nostri tempi", è il qui presente Gideon Fitzpick! Avevo promesso che mi sarei occupato degli omicidi solo se fossero stati i fantasmi a chiedermelo... Beh, alla fine è andata proprio così!»

Wilfrid provò a dire qualcosa, ma l'agitazione era tanta che dalla sua bocca non uscì che un rantolo sfiatato.

«Sapevo che ti avrei lasciato senza parole, vecchio mio!» commentò Specter, strizzando l'occhio.

A questo punto ci si sarebbe aspettati che Fitzpick scoppiasse a ridere, per poi fare il solito sarcasmo sulle strampalate deduzioni di Tim. Questa volta non accadde. Lo sguardo dello psichiatra si svuotò, e la pelle del suo volto prese a fremere incontrollabilmente, come una maschera in procinto di staccarsi.

«Voglio le prove...» si limitò a dire. La sua voce era cambiata, si era fatta profonda e cavernosa. Metteva i brividi, e infatti Wilfrid rabbrividì.

«Ma certo, che sbadato!» rispose Tim, gioviale, picchiettandosi la testa come per rimproverarsi. «Avevo quasi dimenticato la prova decisiva!» continuò, raggiungendo in un balzo la porta misteriosa. «Come sa, quando lei e Wilfrid vi recaste alla parata sul Tamigi, mi permisi di penetrare nella villa ed entrare nella sua stanza segreta. Fu in quell'occasione che scoprii la collezione di modellini navali! Sul momento non vi prestai la giusta attenzione: ero a caccia di indizi sul passato di Stenton, e quella mi sembrò niente più che una stravaganza! Ancora una volta, cercavo la cosa sbagliata nei posti giusti, perché la prova decisiva era nascosta proprio tra quelle miniature, e non erano le boccette per contenere l'arsenico! No! Si trattava invece della riproduzione del vascello del capitano Morgan! Per la precisione, del suo timone!»

Un lampo illuminò il giardino, un tuono fece tremare la stanza. Fu a questo punto che Fitzpick, con un movimento impercettibile, afferrò il manico dell'attizzatoio e cominciò a stringerlo con la forza di un boia che si appresta a decapitare il condannato. Tim, troppo preso dal suo monologo, non si accorse di niente, e continuò a parlare: «Quel minuscolo timone era fatto di sottili listelli di ferro! Pensai fossero spilli da balia, che lei aveva abilmente incrociato a raggera! La mia ossessione per i dettagli mi indusse a contarli… Erano sedici, Fitzpick! Tuttavia, il rinvenimento del diario del maggiordomo mi fece dimenticare quel particolare, che tuttavia rimase nascosto in qualche anfratto della mia memoria, per riemergere di colpo stamattina, mentre osservavo la statua dell'elefante etiope. È stato a quel punto che la verità è apparsa cristallina davanti ai miei occhi! Come è possibile che un bambino confonda una meridiana con un chiodo, può accadere che un cacciatore di spettri identifichi come spilli da balia quelle che in realtà sono… Lancette di orologio!»

Dong!, fece la pendola. Le undici.

«Sedici lancette, sottilissime, tipiche degli orologi da taschino…» andò avanti Tim. «Otto per segnare le ore, e otto per segnare i minuti! E il giorno in cui visitai la collezione la conta degli omicidi si era arrestata proprio a otto. Lei aveva smesso di uccidere, Fitzpick, perché avermi intorno la esponeva al rischio di essere scoperto. Ricominciò soltanto quando fu certo che non sarei più tornato a villa Pemberton!» Tim indicò nuovamente la porta. «Se vuole possiamo entrare a controllare, ma credo che non ce ne sarà bisogno: sappiamo entrambi che i pioli del timone del capitano Morgan sono saliti a trentasei, e basterà una semplice verifica per confermare che sono le lancette tolte agli orologi dei delitti... Dico bene, Fitzpick?»

Nella stanza calò il silenzio. Anche i tuoni si placarono, come se l'incredibile spiegazione di Tim fosse riuscita ad ammutolire perfino la tempesta.

«Fregato da un fantasma...» mormorò Fitzpick, e la frase bastò da sola a confermare che Tim aveva colto nel segno.

«Se la può consolare, lo spettro aveva fregato anche me...» ammise Specter. «Non è sempre facile decifrare i messaggi dall'oltretomba. Neanche per Timotheus Specter, il più grande cacciatore di fantasmi di tutti i tempi!» concluse, sbattendo gli stivaletti. *Toc!*

«Fregato da un fantasma...» ripeté Fitzpick, con voce ancor più debole.

«Se non altro, adesso sarà costretto ad ammettere che gli spettri esistono!» esclamò Tim. «Ed esistono le galere, purtroppo per lei! È proprio lì che stiamo andando!»

«Non così in fretta, Specter...» mormorò lo psichiatra, sorridendo debolmente. «Stasera lei ha svelato molti dei miei segreti... Segreti che volevo restassero sepolti... Ma non tutti! Me ne è rimasto uno, il più sorprendente!» Fitzpick alzò lo sguardo in direzione di Tim, e prese a scrutarlo con aria di sfida.

«E sarebbe?» domandò il cacciatore di spettri, sinceramente incuriosito.

«Il segreto è questo: nella mia mano c'è un attizzatoio...» grugnì lo psichiatra, digrignando i denti. «E ora quella testa gliela spacco!» tuonò, poi sollevò in aria l'oggetto e si scagliò verso Tim con la rabbia di una bestia feroce.

Il cacciatore di spettri fu colto di sorpresa, e per un terribile momento si convinse di essere giunto alla fine della sua gloriosa carriera. "Forse rivedrò Elizabeth..." ebbe il tempo di pensare, mentre l'ombra dell'assassino si preparava a calare il fendente. Ma ecco che una voce risuonò per la stanza, congelando la scena in una sospensione.

«Fermo!» esclamò Jonathan Wilfrid, puntando la pistola verso l'assassino, e tremava così forte che neanche le basette riuscivano a star ferme. Fitzpick arrestò la sua avanzata, e restò immobile con l'attizzatoio per aria. Poi un ghigno malefico gli si dipinse in volto.

«Che c'è, maggiordomo? Vuoi spararmi?» domandò, sprezzante.

«Digli di sì!» suggerì Tim, spalle al muro.

«Sì!» esclamò Wilfrid, raccogliendo il consiglio. Era terrorizzato.

«Sei sicuro di esserne in grado?» sibilò lo psichiatra. Poi si fece incontro al maggiordomo, vibrando l'attizzatoio per aria. «Io dico di no...» rise Fitzpick, malvagio.

«Avanti! Sparagli!» ordinò Tim.

«Oh, santo cielo...» balbettò Wilfrid, indietreggiando.

«Hai paura, vero?» disse lo psichiatra. «È normale avere paura, quando si sta per morire!»

Fitzpick sollevò di nuovo l'arma per colpire il maggiordomo, che non sarebbe riuscito a premere il grilletto neanche in cento anni. Sparare a bruciapelo a una persona, anche se spregevole come Fitzpick, non era nella sua natura, proprio come muovere le orecchie o vedere i fantasmi. E avrebbe fatto una fine orribile, se solo il cielo non avesse deciso di accorrere in suo aiuto: è proprio qui che il racconto del maggiordomo impiccato si collega a filo stretto con la tempesta dei cento fuochi. Infatti, mentre l'assassino stava per affondare il colpo, un terrificante, maestoso, incredibile fulmine, il più stupefacente di quella stupefacente notte, si abbatté sulla portafinestra di villa Pemberton, generando un incendio furioso, tanto improvviso e irruento da investire i presenti come un uragano e sbilanciarli a terra. Wilfrid perse la pistola, Fitzpick l'attizzatoio, mentre Tim, beh, naturalmente lui perse il bastone.

«Tilly!» strepitò la Pemberton, svegliandosi di colpo, gli occhi allampanati.

CRAAAACK!, ruggì il tuono, con spietata violenza.

«Signorino!» chiamò Wilfrid, lambito dalle fiamme, che andavano propagandosi per la stanza.

«Dov'è andato Fitzpick?» domandò Tim, sollevandosi da terra.

«Credo sia scappato, signorino!» rispose il maggiordomo, che gattonava nel fumo alla ricerca della pistola. Poi tossì. *Coff! Coff!*

«Ascoltami bene, non c'è tempo da perdere!» disse Tim, raccogliendo la rivoltella e mettendola in mano a Wilfrid. «Spara alla serratura della porta misteriosa, e metti in salvo la nave del capitano Morgan prima che venga divorata dalle fiamme! Poi esci di qui, e non dimenticarti la vecchia Pemberton!»

«Tilly!» starnazzò l'anziana, che non si rendeva conto di nulla.

Specter prese a zompare in direzione del corridoio, poi si voltò e aggiunse: «Io vado ad acciuffare quel farabutto!».

Giunto davanti alla villa, Tim fu subito costretto ad arrestare la sua marcia. Guardò a destra, poi guardò a sinistra. Nessuna traccia di Fitzpick. L'assassino sembrava sparito nel nulla, inghiottito dalla tempesta. Quand'ecco che dall'ingresso giunse un sibilo.

«Harold!» esclamò il cacciatore di spettri, voltandosi. Lo spettro del maggiordomo era apparso sulla soglia della villa. «Da che parte è andato Fitzpick?»

Il fantasma sollevò il dito indice, ma questa volta lo usò per indicare il fondo della strada, in direzione del Tamigi.

«Grazie, amico mio!» disse Tim, rimettendosi all'inseguimento.

La visibilità era troppo scarsa per esserne sicuri, ma si sarebbe detto che, mentre osservava Tim che si allontanava per la via, Harold Stenton strizzò improvvisamente l'occhio. Poi sparì in una nuvoletta bianca e, *Puff!*, da quella sera nessuno lo vide mai più.

Ciaff! Ciaff!, rispondevano le pozzanghere di Harmon Street alla corsa pazza di Tim Specter. «Per san Palladio!» esclamò il cacciatore di spettri, avvistando all'orizzonte due spaventosi incendi, che divampavano dai lati della strada a formare una simmetria che pareva l'ingresso dell'inferno. Una squadra di volenterosi provava ad arginare il fuoco con dei secchi d'acqua: una scena assurda, se si pensa che pioveva a dirotto!

Tim si lanciò nel passaggio tra i due falò, e quando giunse dall'altro lato avvistò finalmente Fitzpick: correva verso il fondo della via, e la vestaglia svolazzava come il mantello di un mago. In mano brandiva l'attizzatoio, e la sua velocità era sorprendente, dal momento che ai piedi indossava le ciabatte!

L'assassino si accorse di essere inseguito, e svoltò a destra, scomparendo in un vicolo. Tim accelerò la corsa, e si infilò a sua volta nella viuzza, ritrovandosi immerso nel buio. Ai lati del vicolo si affacciavano altri passaggi, che a loro volta si aprivano in nuovi vicoli, sempre più stretti e oscuri. *Ciaff! Ciaff!*, Tim girò a destra, poi a sinistra, poi di nuovo a destra, mosso nient'altro che dall'istinto.

«Io sono già stato qui...» pensò, mentre svoltava a casaccio per la centesima volta, e cominciava a disperare sulle possibilità di catturare l'assassino. Ma ecco che una risata raggelante giunse dalla profondità del labirinto: era la folle risata di Fitzpick, che rimbalzando sui muri era arrivata alle orecchie di Tim, indirizzandolo nella giusta direzione.

Seguendo la traccia, il cacciatore di spettri si affacciò su Fleet Street. Si voltò a destra, poi a sinistra. Nessuno.

"Non può essere stato tanto veloce..." pensò, avanzando tra le pozzanghere.

Tap! Tap! Tap! Dei passi. Tim si voltò verso l'alto: Fitzpick risaliva la scalinata esterna di un palazzo, in direzione del tetto. Specter non tardò a riconoscere la costruzione: era enorme, e così scura che pareva fatta di carbone.

«La Polveriera...» sussurrò, infilando a sua volta la scalinata.

Tim percorse le dodici rampe che portavano in cima all'edificio, ritrovandosi sul tetto: era lastricato di tegole di cotto, e punteggiato da imperiosi comignoli neri. Inoltre, c'erano gli abbaini, dei quadrati di due metri per lato, disposti sul tetto a intervalli regolari. Affacciavano sul deposito delle armi, tanto pieno di munizioni, candelotti di dinamite e materiale esplosivo che sarebbe bastata una scintilla per far scoppiare l'intero quartiere.

Crash! Un rumore di vetri infranti, proveniente dal versante opposto del tetto. Rischiando più volte di scivolare, Tim raggiunse la sommità della costruzione. Da quella posizione poteva osservare l'intera città: martoriata da fulmini e incendi, pareva un teatro di guerra. Colonne di fumo si levavano fino all'orizzonte, e il cielo lampeggiava dal giallo al blu, e dal blu al nero. Per un momento quello spettacolo gli levò il fiato, poi riprese ad avanzare, fermandosi davanti a un abbaino. Il vetro era rotto. Il cacciatore di fantasmi si chinò per osservare la stanza sottostante, e nella penombra riuscì a intravvedere la vestaglia di Fitzpick, abbandonata tra una cassa di fucili e dei sacchi di polvere da sparo. Il pavimento del deposito distava cinque, forse addirittura sei metri.

"Se ce l'ha fatta lui, ce la faccio anch'io..." pensò Tim, preparandosi a saltare.

Ma ecco che sul vetro crepato balenò un'ombra. Il cacciatore di fantasmi non realizzò subito di cosa si trattasse, e quell'attimo d'incertezza fu decisivo. Era la sagoma di Fitzpick, che gli piombava addosso dalle spalle. Il vetro rotto e la vestaglia abbandonata erano una trappola: lo psichiatra si era nascosto dietro a uno dei comignoli, pronto all'agguato.

Specter si voltò di scattò, ma non ebbe il tempo di fare altro.

«Ci sei cascato, idiota!» tuonò l'assassino, affondando un colpo di attizzatoio che centrò Tim in piena fronte, proprio sulla cicatrice, e lo fece precipitare nel buco. Durante il volo, poté vedere la figura dello psichiatra che lo osservava dall'alto: un sorriso diabolico gli illuminava il volto, e il torso nudo lo faceva assomigliare al forzuto di un circo. Dell'azzimato accademico dalla battuta pungente non era rimasto niente: Gideon Fitzpick si era trasformato in una bestia feroce.

Il cacciatore di fantasmi atterrò scompostamente sul pavimento della Polveriera, e nello schianto perse conoscenza. Si ritrovò così circondato da tonnellate di materiale esplosivo, privo di sensi e in balia della volontà di un pazzo omicida. Inoltre, la botta gli aveva incrinato due costole. Ma questo, a ben pensarci, rappresentava un problema minore.

Nel sonno che seguì allo svenimento, Tim Specter ebbe un incubo: vide il volto di Gilda Pemberton, che affiorava dal buio come una maschera senza il corpo. La vecchia lo scrutava in silenzio, poi, dopo un tempo che parve interminabile, la sua voce risuonò nell'oscurità: «E lei morirà, se non si ricorda del poliziotto!» disse Gilda, e l'incubo svanì all'istante, come se quella fosse la formula segreta per dissolverlo. Tim si svegliò di soprassalto sul pavimento della Polveriera, con la pioggia che gli cadeva in faccia attraverso il buco. Non erano passati che pochi secondi dalla caduta. La cicatrice si era riaperta, e sanguinava come una fontana: Tim la toccò lo stesso, per assicurarsi che il sogno fosse davvero finito. Poi guardò in alto: Fitzpick svettava trionfante oltre il vetro rotto, avvolto dalla tempesta.

La frase della Pemberton risuonò ancora una volta nelle orecchie del cacciatore di spettri: "E lei morirà, se non si ricorda del poliziotto!".

Tim strabuzzò gli occhi, colpito da un'intuizione. Si rese conto che i vicoli in cui aveva inseguito l'assassino erano gli stessi in cui, mesi addietro, aveva piazzato il suo personale record di avvistamenti. Non se ne era accorto perché era successo di mattina, e la notte aveva trasfigurato ogni cosa. Fu allora che mise in atto quella che sarebbe passata agli annali come "La mossa disperata".

«Alistair! Alistair Campbell!» chiamò, rivolto al nulla.

«È inutile invocare aiuto!» urlò Fitzpick, e la sua voce rimbombò nello stanzone come quella di un demonio. «Stanotte neanche i poliziotti hanno il coraggio di avvicinarsi alla Polveriera!»

«Non quelli vivi...» pensò Tim, continuando a chiamare.

L'assassino tirò fuori dalla tasca la scatola di fiammiferi con cui, in passato, tante volte si era acceso la pipa. «Ci ho riflettuto, Specter!» esclamò, con Tim che cercava invano di issarsi in piedi. «Per me non c'è più scampo... Le possibilità di una fuga sono ridotte al lumicino, e non ho voglia di marcire nel buio di una galera! Inoltre, la mia missione è conclusa! Nessuno potrà mai capire perché ho fatto ciò che ho fatto... Neanche lei, che si ritiene un gran cervellone!»

Fitzpick sfregò un fiammifero sulla scatola, e la fiammella gli illuminò il volto. «Che ne pensa di un'uscita di scena in grande stile?» strepitò, scoppiando in una risata da iena. «Morire insieme, io e lei, in un botto spaventoso, come due veri nemici giurati!» L'assassino distese la mano sopra al buco, pronto a lasciar cadere il fiammifero. «Addio, Tim Specter!»

Ma ecco che successe l'imprevedibile: un'ombra si affacciò alle spalle dell'assassino. Era la sagoma di un poliziotto dalle spalle enormi, con la testa sormontata da un elmetto. Tim lo riconobbe subito: si trattava dello spettro di Alistair Campbell, che finalmente aveva l'occasione di salvare una vita. Fitzpick non si accorse di niente, visto che non poteva vedere i fantasmi e, pregustando il trionfo, continuò a ridere sguaiatamente, perdendo così l'occasione di portare a compimento il suo piano.

«Mi spiace, Fitzpick!» disse Tim, con l'ultimo fiato che gli restava. «Ce l'ho già, un nemico giurato! Inoltre, lei non è il mio tipo!»

Lo spettro spense il fiammifero con un soffio, poi assestò un portentoso spintone a Fitzpick, che scivolò nel vuoto senza opporre resistenza, con gli occhi sopresi di chi davvero non se l'aspettava. Lo psichiatra cacciò un urlo disumano, che si spense nello schianto sul pavimento. I denti gli schizzarono fuori dalla bocca, e si sparsero sul pavimento come le perle di una collana rotta. Si era spaccato un braccio e un gamba, e le fratture erano tanto scomposte che Fitzpick sembrava un burattino abbandonato dal burattinaio. A vederlo svenuto sul pavimento, non si sarebbe detto che quell'uomo avesse appena attentato all'esistenza di centinaia di vite. E questo perché gli uomini, quando dormono, sembrano tutti innocenti.

Tenendosi le costole, Tim si issò faticosamente in piedi. Poi il suo sguardo si sollevò in alto, a incrociare quello di Campbell. Il cacciatore di fantasmi lo salutò con un cenno, che il fantasma ricambiò sollevando elegantemente l'elmetto.

«Grazie, Alistair…» sussurrò. «Ora sei libero di andare…»

Lo spettro svanì in una nuvoletta, che subito si disperse nella poggia.

«Chissà dove vanno finire...» bisbigliò Tim, scrutando il buco vuoto. Poi tolse la cintura dalla vestaglia, e la utilizzò per legare Gideon Fitzpick. Non badò alle fratture, quel farabutto non lo meritava. Infine, afferrò l'assassino per i piedi, e in uno sforzo immenso lo piazzò su un carrello per trasportare le munizioni.

«Dannati vivi...» commentò, cominciando a spingere. «Pesano come dei somari!»

A Londra, nelle settimane successive, "La notte dei cento fuochi" fu al centro di tutte le conversazioni. Visto che ognuno voleva dire la sua, da quella sera spaventosa vennero fuori i più svariati resoconti, alcuni dei quali arricchiti da particolari curiosi, e talvolta assurdi: per esempio, un certo Achille Coleman, meglio conosciuto come "Slim" Coleman, giurò che, allo scoccare della mezzanotte, un tizio vestito di tutto punto camminasse lungo Fleet Street manovrando un carrello per le munizioni su cui giaceva svenuto un secondo uomo, nudo e legato come un salame. Coleman fu preso per un visionario: d'altra parte, in bocca non aveva un dente e dava la generica impressione di aver preso una forte botta in testa. Come dar credito a un tipo del genere?

«Signorino! Lei sta sanguinando!» esclamò Wilfrid, vedendo arrivare Tim alla guida del carrello. Il maggiordomo gli corse incontro e, sebbene lo sguardo fosse ansioso, già il fatto che il suo principale fosse vivo lo rincuorava oltre ogni dire. «Ma quello è Fitzpick!» esclamò, frenando bruscamente e indicando l'assassino.

Dormiva a pancia all'aria, e la bocca sdentata andava riempiendosi di pioggia.

«Ti racconterò tutto più tardi...» rispose Tim, sfinito. «Ora avrei bisogno di un luogo dove svenire in santa pace!»

«Temo che i divani e le poltrone di villa Pemberton non siano disponibili...» mormorò il maggiordomo, che era bagnato come un pulcino. «Guardi...» aggiunse, indicando il fondo della via. La casa stava bruciando in un'unica, gigantesca fiamma, con tanta forza che pareva volesse sprofondare all'inferno. In piedi davanti all'ingresso, Gilda Pemberton osservava il falò con sguardo terso, come se nelle fiamme potesse leggere messaggi invisibili ai comuni mortali. Anche la quercia si era incendiata, e i rami, avvolti dalle lingue di fuoco, parevano le ossa carbonizzate di una strega sul rogo.

«Che spettacolo impressionante...» commentò Tim, debolmente. «Mi pare il giusto finale per la nostra storia...»

«Ci pensa, signorino? Ha risolto il caso dell'assassino!» esclamò Wilfrid. «Lei è un genio!»

«I geni non esistono!» rispose Tim. «Sono solo una scusa con cui la gente giustifica la propria mediocrità!»

«Cosa ne facciamo di Fitzpick?» chiese il maggiordomo, indicando il carrello.

«Pensaci tu, vecchio tricheco!» disse Tim, lasciando andare i manici. «Assicurati che i nodi siano stretti, poi portalo alla polizia! Oppure, non so, buttalo nel fuoco! Non mi interessa! Piuttosto, sei riuscito a mettere in salvo il vascello del capitano Morgan?»

«Non saprò sparare», disse Wilfrid, «ma quando si parla di modellini non ho da imparare da nessuno! La nave è al sicuro, sotto la tenda all'ingresso della pasticceria Bowers!».

«Sei stato coraggioso, vecchio mio!» commentò Tim, che ora barcollava come un ubriaco.

«A dir la verità, ho avuto una paura cane!» ammise Wifrid.

«Essere coraggiosi significa non aver paura di aver paura!» sentenziò Specter, strizzando debolmente l'occhio.

«Tenga...» disse il maggiordomo, porgendo a Tim il suo bastone. «L'ho salvato dalle fiamme!»

«A volte, anche se non molto spesso, sei un tipo davvero formidabile!» commentò il cacciatore di spettri, osservando la testa del putto di bronzo, annerita dal fuoco.

«Grazie, signorino...» rispose Wilfrid, togliendosi la cintura con l'intento di bloccare le caviglie all'assassino. Poi chiese: «Davvero posso buttarlo nel fuoco? Sa, l'idea mi piace!».

«Per Gideon Fitzpick non è ancora il momento di assaggiare le fiamme dell'inferno. Prima dovrà scontare un soggiorno a vita presso il carcere di Newgate… E non so quale dei due luoghi sia il peggiore!»

E mentre la tempesta dei cento fuochi continuava a infuriare e villa Pemberton si accartocciava su se stessa, Timotheus Specter, il cacciatore di spettri, raggiunse la certezza di aver definitivamente risolto il mistero del maggiordomo impiccato.

Poi cadde a terra privo di sensi. Dormì per un'ora intera dentro a una pozzanghera, con due costole rotte: tuttavia, il suo volto era tanto rilassato che quello si sarebbe detto il sonno più beato di tutta la sua vita.

EPILOGO

UN'OMBRA

Tim passò i due giorni successivi sdraiato su un letto del Saint Mary Hospital. Trattandosi dell'uomo che aveva liberato Londra dall'incubo dell'assassino, fu trattato con ogni riguardo. All'improvviso, Tim Specter era balzato alle cronache come un salvatore della patria, cessando di essere un truffatore e un visionario. Ma sarebbe durata poco, visto che niente è più fragile della gratitudine, soprattutto quella della carta stampata.

Il terzo giorno, sfidando il parere dei medici, ma anche il semplice buon senso, Tim Specter afferrò giacca, cilindro e bastone e lasciò la sua stanza.

In pratica, come succedeva sempre, decise tutto da solo, e la sua dimissione fu quanto di più simile a una fuga si fosse mai visto tra le mura del Saint Mary.

Dove crede di andare?

Lei ha bisogno di cure!

Torni subito nel suo letto, Specter!

«Sciocchezze, sto benissimo!» rispondeva Tim a tali rimostranze, piroettando per scale e corridoi affinché medici, infermieri e inservienti non lo acciuffassero per rimetterlo a cuccia.

Quando il cacciatore di fantasmi giunse sotto l'arco d'ingresso della struttura, ad attenderlo in strada trovò Wilfrid, in piedi davanti a una carrozza.

«Almeno oggi accetterà di prendere una vettura, signorino!» disse il maggiordomo.

«E sia!» rispose Tim, a malincuore. «Ma stabiliamo fin da ora che si tratta di una misura eccezionale, da adottare solo in caso di gravi traumi fisici! Non vorrei creare precedenti a tuo favore, vecchia volpe!»

Il cocchiere era una vecchia conoscenza: si trattava infatti di Corvetto MacKenzie, che quel giorno si era preso una licenza dal dottor Stewart per andare a prelevare l'illustre amico.

«Si lasci almeno togliere le bende!» lo implorò il direttore dell'ospedale, che lo aveva seguito fin lì e stava piegato sulle ginocchia per il fiatone. «Per favore...»

«Non importa, signor direttore!» disse Tim, sistemandosi il cilindro sulla vistosa fasciatura alla testa. «Ci penserà più tardi la mia Dorothy!» aggiunse, indicando Wilfrid, che come sempre si offese.

Eccolo!

Il nostro salvatore!

Guardate quanto è bello!

Le voci si accavallarono all'improvviso sul lato opposto della strada, facendosi via via più vicine, come uno sciame in avvicinamento. Tim si voltò per guardare: una folla di cittadini, guidata da giornalisti armati di carta e penna, si avvicinava in corteo all'ingresso del Saint Mary. C'erano persone di ogni tipo: operai, gran signori, borsaioli, poliziotti, vedove, tutti accorsi a celebrare la grande impresa di Tim Specter, il quale, stando alla definizione del *Times*...

«... Ha sfidato il fuoco e la tempesta per liberare l'Inghilterra dal male!» lesse Wilfrid, con gli occhi abbassati sulla prima pagina.

«Davvero hanno scritto così?» domandò Specter, allibito, continuando a osservare il corteo con occhi allampanati. «Cosa stiamo aspettando, Wilfrid? Scappiamo!»

«Suvvia, signorino! Per una volta che non la vogliono diffamare... Rilasci una dichiarazione!» osservò il maggiordomo. «Vorrei però essere chiaro su un punto: se prova a chiamarmi Dorothy davanti alla stampa, presto dovrà occuparsi di un altro maggiordomo impiccato!»

«Dio me ne scampi!» replicò Tim, mentre la folla lo travolgeva e lui annaspava come un salmone che risale il torrente. «Per san Palladio! Fate piano!»

Le donne mandavano baci, gli uomini lanciavano in aria i cappelli, i bambini si arrampicavano sugli adulti per vedere meglio. Insomma, una festa fuori programma era scoppiata intorno alle mura del Saint Mary.

A rimettere ordine nel pandemonio ci pensarono i poliziotti, che liberarono uno spazio intorno a Tim per lasciar passare soltanto i giornalisti.

«Una dichiarazione, Specter!» sbraitò Harry Bartolomew, l'asso della cronaca nera del *Times*. Era un uomo corpulento, che mandava puzza di sigaro, e fino a quel giorno non aveva fatto che sputare veleno sulla reputazione di Tim. Ed ecco che all'improvviso sorrideva bonario, come il peggiore dei voltagabbana.

«Qualcosa di veloce!» propose un secondo scribacchino.

«E di tagliente, come piace a lei!» aggiunse un terzo.

«Sì! Ci dica qualcosa!» tuonò la folla, in coro.

Deciso a darsi alla fuga, Tim inforcò il primo scalino della vettura. Quand'ecco che un'idea gli attraversò la mente, bloccandolo a metà del movimento. Non aveva nessuna voglia di parlare in pubblico, tuttavia avrebbe potuto compiere uno sforzo in nome di un più nobile scopo. E per Specter nessuno scopo era più nobile di pacificare un'anima in pena. Si voltò quindi in direzione della folla, che attendeva con il fiato sospeso.

«Ho un importante annuncio da fare!» esclamò. «Signore e signori, il vero inventore delle uova con sorpresa non è il signor John Cadbury, ma la deliziosa Gertrude Bowers! Cadbury è soltanto un impostore, ed è giunto il momento che venga fatta giustizia!»

Detto questo, Tim strizzò l'occhio, sparì dentro la carrozza e fece segno a Corvetto di partire. *Clock! Clock!*, zoccolarono i cavalli, lasciando la folla con un enorme punto interrogativo sospeso sulla testa. I giornalisti si strinsero nelle spalle, e presero nota delle parole del cacciatore di spettri. *Scrib! Scrib!*

Il giorno dopo, ad alcune miglia di distanza, Gertrude Bowers lesse il proprio nome sulla copia del *Times* di un avventore, proprio in prima pagina, e si sentì presa da un tale senso di pace che, *Scrotch!*, si riaggiustò per l'ultima volta l'occhio e, *Puf!*, si dissolse nella proverbiale nuvoletta di fumo bianco.

"È proprio vero che non è un vivo come gli altri..." fu il suo ultimo pensiero in questo mondo.

«Cosa intendeva dire con quella frase, signorino?» domandò Wilfrid, nella penombra della carrozza. «A volte fatico a seguirla...»

«Chi si occupa di enigmi, finisce per diventare enigmatico!» replicò Tim. «Piuttosto, che ne sarà della povera Gilda Pemberton? Oltre a non avere più una coscienza, adesso non ha più neanche una casa!»

«Sarà Stewart a occuparsi di lei! Il dottore non vuole che una donna dal passato tanto glorioso finisca i suoi giorni in un ospizio!»

«Dopo Corvetto, ora si è preso anche la Pemberton! Casa Stewart straborderà di vitalità!» commentò Tim, sporgendosi per osservare MacKenzie, che come sempre reggeva l'anima con i denti. «Non oso immaginare le feste!»

«Signorino, c'è una domanda che mi assilla...» disse Wilfrid, inquieto. «Secondo lei, perché Fitzpick ha ucciso tutte quelle persone? Ci penso e ci ripenso da quella notte, ma non so darmi uno straccio di spiegazione!»

«Non crucciarti, vecchio mio!» rispose Tim, stringendosi nelle spalle. «I fantasmi della mente non rientrano nel nostro campo d'azione!»

«Ma io vorrei capire...» insistette il maggiordomo, desolato.

«Sei proprio fissato, con questa storia di voler capire!» esclamò Tim. «Te l'ho detto e ripetuto, Wilfrid: l'inconsapevolezza ti pone in una situazione di vantaggio!»

La carrozza sfilò davanti al British Museum, poi costeggiò Hyde Park e, ancora, attraversò il mercato di Camden. Tuttavia, questi luoghi non destarono alcun interesse in Tim Specter, che si rianimò soltanto quando adocchiò dal finestrino l'insegna del *Black Owl Pub*. Sotto l'arco di pietra dell'ingresso, Archibald Bowbridge teneva sott'occhio il viavai dei passanti con i braccioni incrociati.

«Specter!» chiamò, quando il suo sguardo da barracuda si posò sulla vettura.

«Fermati, Corvetto!» esclamò Tim, e la carrozza si arrestò in una frenata tanto brusca che a Wilfrid cadde il cappello davanti agli occhi.

«E ora che succede, signorino?» domandò il maggiordomo, trovandosi improvvisamente cieco.

«Succede che vado a bere, vecchio mio!» annunciò Tim, e il tono era ancor più trionfale di quello usato per l'annuncio delle uova con sorpresa.

«Non glielo permetto!» ribatté Wilfrid, spuntando da sotto la bombetta. «Lei è cagionevole... L'hanno appena dimessa!»

«Per l'appunto!» esclamò Tim, che stava già scendendo. «È il caso di festeggiare!»

«Oh, gesù...» sospirò Wilfrid, osservando Specter zompare verso l'arco di pietra. «E va bene... Rinuncio a voler capire...» aggiunse, rivolto a se stesso.

«La riporto a casa, mister?» gracchiò MacKenzie, appollaiato sul sedile.

«No, Corvetto...» rispose Wilfrid, affacciandosi sul marciapiede. «Credo che per una volta mi farò un goccetto anch'io...»

«Ho la gola secca, mister...» disse Corvetto. «Che ne dice se vi faccio compagnia?»

Fu una serata spensierata. Gli avventori del *Black Owl*, per celebrare l'insigne compagno di sbronze, si riunirono in una grande tavolata. Tim passò tutto il tempo a zompare in su e in giù per la sala, narrando ai presenti l'avventura del maggiordomo impiccato. Naturalmente, inebriato dal whiskey, esagerò ogni singolo dettaglio del racconto: Stenton divenne un demone alato, Fitzpick un bestione alto due metri e mezzo, e tutti rimasero stupefatti, lasciandosi andare a scroscianti applausi. Ma la cosa più stupefacente di tutte fu un'altra: quella notte, Archibald Bowbridge e Jonathan Wilfrid non battibeccarono neanche una volta, e qualcuno giura che a un certo punto i loro bicchieri si incrociarono in un festoso brindisi.

Qualche giorno più tardi, Specter si svegliò di umore nero. Passò una buona mezz'ora a osservare la colazione con sguardo torvo, senza neanche assaggiare il tè.

«Che cosa c'è, signorino?» chiese Wilfrid. «Qualcosa non va?»

«Non lo so...» mormorò Tim, pensieroso. «Stanotte ho avuto l'impressione che un'ombra mi spiasse...»

«Un'ombra, signorino?»

«Già... Una sagoma nera, che mi osservava dalla finestra...»

disse Tim. «Naturalmente, sono andato più volte a controllare… Ma non c'era nessuno! Sono perplesso, Wilfrid…»

«Non sapevo che l'idea di essere spiato potesse impressionarla a tal punto…» commentò il maggiordomo. «Con tutti i fantasmi che ha intorno!»

«Questa volta era diverso! Non si trattava di un fantasma… Era… Per san Palladio, non lo so che cos'era!»

«Forse niente, signorino…» minimizzò Wilfrid. «Non tutte le ombre nascondono un mistero!»

«Oppure comincio a soffrire di allucinazioni…» ipotizzò Tim, in tono afflitto. Il sospetto che la riapertura della cicatrice sulla fronte avesse alterato la sua percezione della realtà lo tormentava da giorni. «Credo di aver bisogno di una vacanza, vecchio mio… Potremmo passare il fine settimana a Sydenham!»

«Per carità, no!» esclamò Wilfrid. «Neanche il tempo di scaricare i bagagli e lei si rimetterebbe sulle tracce del gatto brasiliano!»

«Non mi occupo di animali fantasma, dovresti saperlo! E non potrei neanche se volessi, visto che non esistono!» precisò Tim, poi il suo pensiero volò di nuovo sull'ombra. «Eppure, qualcosa c'era… E mi osservava dal buio…» concluse, accigliato.

All'improvviso, dalla strada si sollevò un urlò portentoso, tanto lancinante da far vibrare i vetri delle finestre.

«EDIZIONE STRAORDINARIA!!! TUTTE LE ULTIME NOTIZIEEEEE!!!»

«Che succede? Stanno per caso scannando un maiale in Bedford Square?» domandò Tim.

«No, signorino… Credo si tratti dello strillone!» ripose Wilfrid.

«Un bambino, così piccolo che mi domando come possa contenere tutta quella voce. Il suo nome è Pet, e si piazza qui davanti tutte le mattine, solo che di solito lei dorme. È un suo ammiratore, e un giorno o l'altro spera di incontrarla!»

«EDIZIONE STRAORDINARIA!!!» ripeté la voce.

La cosa parve divertire Tim, che si rilassò abbastanza da decidere di abboccare il tè.

«Come fai a sapere il suo nome?» domandò.

«L'unico modo per farlo smettere è acquistare il giornale! E così alla fine ci siamo conosciuti...»

«TUTTE LE ULTIME NOTIZIE!!!»

«Credo che andrò a salutarlo...» disse Tim, divertito, mentre sollevava la tazza. «Non amo i marmocchi, ma per il nostro Pet potrei fare un'eccezione. Diamine, urla come un disgraziato!»

«FORMIDABILE EVASIONE DAL CARCERE DI NEWGATE!!!»

Splut!, il cacciatore di fantasmi sputò fuori il tè con tanta forza che lo schizzo giunse all'altro capo del tavolo, centrando in pieno volto Wilfrid, che ci rimase di stucco.

«TUTTI I DETTAGLI ALL'INTERNO!!!»

«Per san Palladio! Un'evasione da Newgate!» esclamò Tim, alzandosi in un sol colpo. «Nessuno è mai evaso da Newgate! Passami due cent, vecchio mio!»

«La preferivo pensieroso, signorino...» commentò Wilfrid, con le basette gocciolanti.

Toc! Toc! Toc!, Tim sgambettò fino all'uscita, poi, *Hop!*, saltò le scalette in un balzo e, *Ciaff! Ciaff!*, in una piroetta fu davanti a Pet, che smise istantaneamente di urlare. Era un bimbetto davvero minuscolo e, quando sorrise, Tim poté contare i buchi lasciati dai suoi denti da latte. Lo strillone non riuscì a dire niente, probabilmente troppo emozionato dall'entrata in scena del suo eroe.

«Smettila di startene lì imbambolato, ragazzino! Dammi subito il giornale!» ordinò Tim, sollevando la moneta.

«Per lei è gratuito, signor Specter!» balbettò Pet, la cui voce aveva perso tutta la sua forza, e ora pareva quella di un topolino. Il cacciatore di spettri afferrò una copia del *Times*, poi se la sollevò davanti al naso: fu così che i suoi occhi vispi si posarono sulla più sconvolgente delle notizie!

Nel frattempo, dopo essersi asciugato, Wilfrid si era messo al tavolo per consumare il suo pasto. La colazione era per lui un rituale metodico, fatto di operazioni precise, da compiere con calma, sempre uguali a se stesse. Macchiò il tè con il latte, poi lo zuccherò, infine mescolò con cura. Quando fu soddisfatto della miscela, posò il cucchiaino sul tavolo, afferrò con due dita il manico della tazza e, dopo aver soffiato per quattro volte sulla superficie bollente, se la portò alla bocca, traendo un generoso sorso. Fu in quel preciso istante che, *Sbam!*, la porta della sala si spalancò in un botto terrificante, tanto terrificante da far trasalire il maggiordomo, che si ritrovò di nuovo inzuppato da capo a piedi.

«Smettila di giocare con il cibo, Wilfrid!» tuonò Tim Specter, entrando mentre sventolava il giornale. «Dobbiamo andare!»

«Andare dove, signorino?» chiese il maggiordomo, gocciolando come uno straccio bagnato.

Times

«Questo non lo so! Ma dobbiamo andare lo stesso!» replicò Tim, per poi annunciare: «L'ombra che mi spiava era qualcosa di ben più tangibile di uno spettro... Questa notte, all'una in punto del mattino, Thaddeus Mirakola è evaso dal carcere di Newgate!».

Wilfrid lasciò andare la tazza, che, *Crash!*, si sfracellò sul pavimento.

«E ora noi correremo a riacciuffarlo!» annunciò Tim, afferrando il bastone per poi dirigersi all'uscita.

«Io...» bofonchiò Wilfrid, del tutto impreparato all'azione. «Oh, gesù!» esclamò, prendendo a vagare per la stanza alla ricerca del cilindro. «Signorino! Oh, santo cielo! Mi aspetti!»

Ma Tim Specter non lo avrebbe aspettato, e il maggiordomo, come sempre, si sarebbe dovuto lanciare in un inseguimento disperato. Infatti, sotto gli occhi stupefatti del piccolo Pet, Tim già si allontanava verso il fondo della via. E sebbene la notizia dell'evasione di Mirakola lo sconvolgesse oltre ogni dire, si sarebbe detto che fosse animato da un contagioso entusiasmo.

Ciaff! Ciaff!, rispondevano le pozzanghere all'incedere del cacciatore di fantasmi.

Era l'inizio di un nuovo mistero!

INDICE